BITTE NICHT ÖFFNEN

MAGIC!

Bitte nicht öffnen

Band 1: Bissig!

Band 2: Schleimig!

Band 3: Durstig!

Band 4: Feurig!

Band 5: Magic!

Weitere Päckchen sind unterwegs!

Charlotte Habersack

BITTE NICHT ÖFFNEN

MAGIC!

Mit Bildern von Fréderic Bertrand

CARLSEN

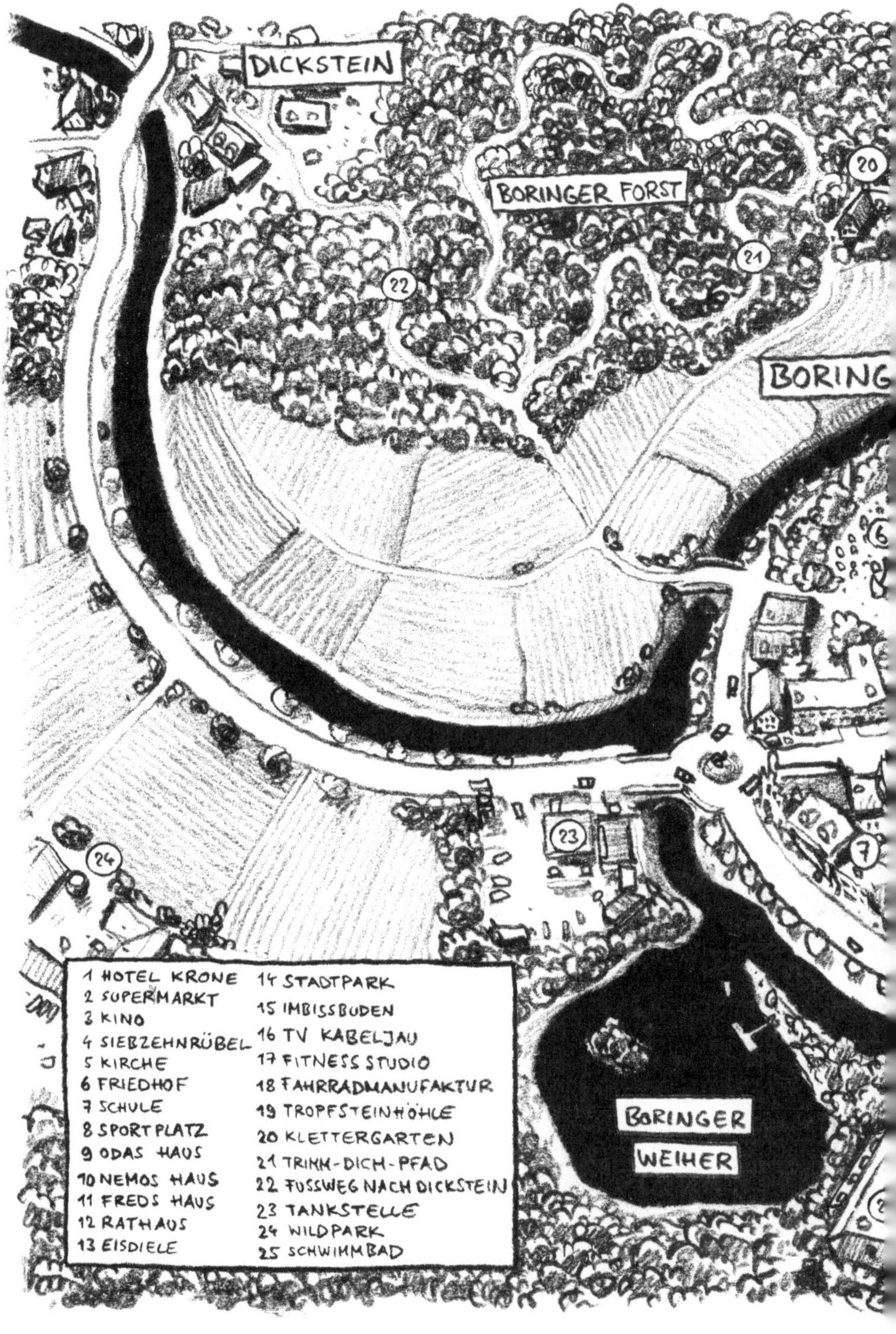
DICKSTEIN
BORINGER FORST
BORING
BORINGER WEIHER
20
21
22
23
24
6
7
1 HOTEL KRONE
2 SUPERMARKT
3 KINO
4 SIEBZEHNRÜBEL
5 KIRCHE
6 FRIEDHOF
7 SCHULE
8 SPORTPLATZ
9 ODAS HAUS
10 NEMOS HAUS
11 FREDS HAUS
12 RATHAUS
13 EISDIELE
14 STADTPARK
15 IMBISSBUDEN
16 TV KABELJAU
17 FITNESS STUDIO
18 FAHRRADMANUFAKTUR
19 TROPFSTEINHÖHLE
20 KLETTERGARTEN
21 TRIMM-DICH-PFAD
22 FUSSWEG NACH DICKSTEIN
23 TANKSTELLE
24 WILDPARK
25 SCHWIMMBAD

BURGRUINE
1
2
3
4
5
8
9
10
11
12
13
14
15
16
17
18
19

Inhalt

Mein Dank geht an Brian, der die Idee mit dem Einhorn hatte.

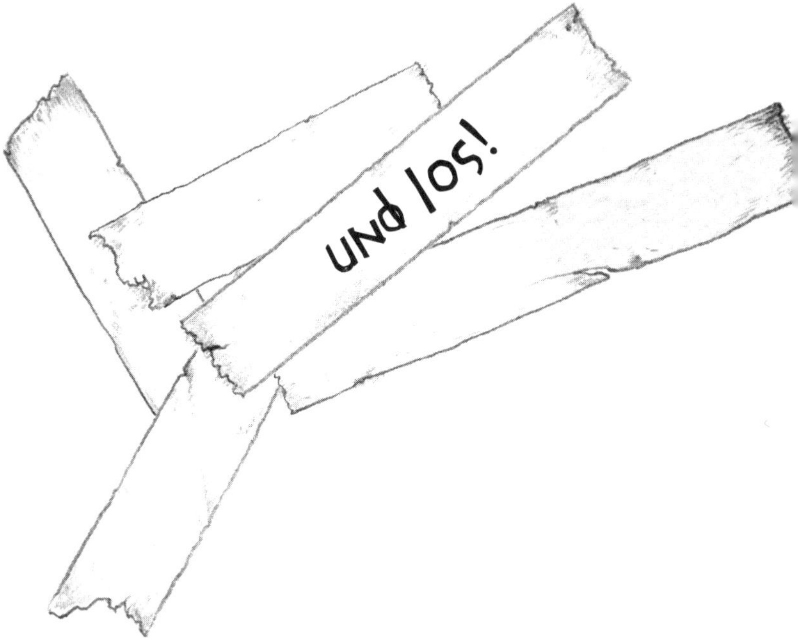

Zwei Tage bevor alles begann ...

Tessa knuddelte ihr Plüscheinhorn, während Nemo das Gassigehen übernahm. „Ossi ist ganz pflegeleicht", erklärte Tessas Mutter. „Nur ein bisschen verspielt vielleicht. Er ist eben noch sehr jung."
„Kein Ding." Nemo grinste stolz und steuerte die Hundewiese an. Dort klickte er die Leine vom Halsband.
„Nicht!", rief Tessa. Doch da war es bereits zu spät: Der quirlige Jack Russell sprang in die Höhe, schnappte sich Tessas Einhorn und flitzte mit seiner Beute davon.
„Oh, entschuldige", stammelte Nemo, „ich wusste nicht ..."

„Halb so wild“, beruhigte ihn Tessas Vater. „Ossi wird schon wiederkommen. Aber in der Woche, in der du auf ihn aufpasst, solltest du ihn lieber nicht von der Leine lassen.“

Nemo nickte eifrig. Gemeinsam riefen sie nach dem Hund, aber erst nach einer Viertelstunde kam er endlich aus dem Gebüsch. Ohne Einhorn.

Tessa heulte auf. „Böser Ossi!“, schimpfte sie. „Du hast Magic verloren!“

„Den findet Nemo bestimmt wieder“, versprach ihre Mutter und nickte Nemo hoffnungsvoll zu. „Nicht wahr?“

Aber Nemo war sich da nicht so sicher. Vielleicht kam das Einhorn auch mit der Post.

Der Dieb seufzte zufrieden. Er hatte den Eindruck, dass diese Tessa ihr Plüschtier noch mehr liebte als ihren Hund. Schwarze Tränen rannen ihm über die Wange, als er das Einhorn verpackte. Mit gemeinem Kichern kritzelte er die Adresse auf das Paket:

AN NIEMAND!
WO DER PFEFFER WÄCHST
AM ARSCH DER WELT

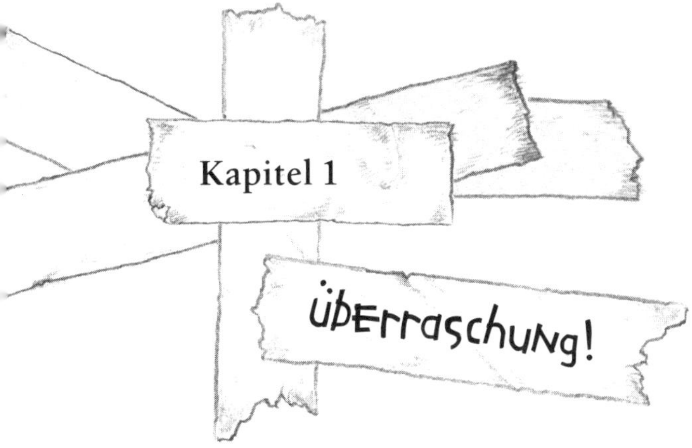

Nemo nahm zwei Stufen auf einmal. Er konnte es kaum erwarten, Fred die Überraschung zu zeigen! Ohne auf Oda zu warten, stürmte er an Freds Mutter vorbei, die ihnen die Wohnungstür aufhielt. Wortlos deutete sie zur Küche.
Nemo betrat den Raum und stürzte erfreut auf seinen Freund zu, der gerade die Tischplatte mit Puderzucker bestäubte.
„Hey Alter!“
„Oh, hallo Nemo!“ Ein Lächeln huschte über Freds sommersprossiges Gesicht. „Tut gut, dich zu sehen!“

Es staubte, als die beiden sich schulterklopfend umarmten.
Erst jetzt kam Oda hinterher. Keuchend ließ sie sich auf einen Küchenstuhl plumpsen, lehnte ihre Knie gegen die Tischkante und nickte Freds Großmutter freundlich zu. Nemo hatte die alte Dame in seinem Überschwang völlig übersehen. Nun erst bemerkte er, dass sie ebenfalls am Küchentisch saß und nähte.
„Wie war's im Survival-Camp?" Interessiert sah Oda Fred an.
„Na, wie wohl?" Fred verdrehte die Augen. Er öffnete den Kühlschrank, holte eine Schale heraus und stürzte ihren wabbeligen Inhalt auf die Tischplatte. „Wir haben jeden Abend Feuer gemacht, im Zelt geschlafen und uns nach Zecken abgesucht. Einmal haben wir sogar Heuschrecken gegessen und sind bei zwölf Grad in einem Bergsee schwimmen gegangen."
„Klingt cool!" Nemo grinste.
„Cool? Na ja." Fred nahm ein großes Messer zur

Hand und schnitt die Zuckermasse in Würfel. „Ich fand's eher anstrengend. Aber definitiv entspannter als unser Abenteuer mit Drago."

„Dra-*ga*", korrigierte Oda.

„Stimmt." Nemo schmunzelte. Schließlich hatte sich der feuerspeiende Drache am Ende als Weibchen herausgestellt. Draga hatte sogar Eier gelegt und Junge bekommen! Drei winzige süße Drachenbabys, die sich jedoch bei der ersten Umarmung in Kuscheltiere verwandelt hatten – genauso wie Draga und alle anderen Spielsachen, die bis jetzt lebendig geworden waren. Aber nun hatte Nemo endlich etwas, das für immer lebendig bleiben würde ...

„Kommst du mit in den Park?", fragte er Fred. „Wir müssen dir was zeigen."

„Scheibenkleister!" Freds Großmutter fluchte. „Diese alte Nähmaschine macht mich noch wahnsinnig." Entnervt zog sie ein verknittertes Stoffstück unter dem Nähfuß hervor und biss den Faden ab. „Wie sieht das denn aus?"

„Wieso? Wird doch wunderschön!“ Oda nahm ihr das fertige Säckchen, auf das Freds Großmutter in geschwungenen Buchstaben *NOFTIES* gestickt hatte, aus der Hand. Sie zählte zehn Marshmallows ab und stopfte die süßen Schaumwürfel in den Beutel. Der geruchs- und vor allem geräuschlose Snack war *der* Hit im Boringer Kino und brachte ihnen ein hübsches Taschengeld ein.
„Find ich auch“, stimmte Nemo ihr zu. Er bewunderte die Nähkünste von Freds Großmutter schon lange. Jedes Jahr schneiderte sie die tollsten Faschingskostüme. Letztes Jahr war Fred als Zorro gegangen, während Nemo sich aus leeren Kartons vom Supermarkt ein Roboterkostüm hatte basteln müssen – was sich beim Schokokuss-Wettessen leider als ziemlich unpraktisch herausgestellt hatte.
„Was ist jetzt?“ Ungeduldig schob er sich ein Noftie in den Mund. „Kommst du mit oder nicht?“
„Nee.“ Fred schüttelte den Kopf. „Ich hab zu viel

zu tun. Ich muss noch meinen Rucksack auspacken, das Zelt trocknen und die Nofties fertig machen. Die Leute vom Gala-Cinema haben schon angerufen. Sie warten auf Nachschub. Ich dachte, ihr helft mir?"
„Später", wich Nemo aus. „Erst will ich dir was zeigen."
Erschrocken riss Fred die Augen auf. „Was?"
„Überraschung!" Nemo schmunzelte geheimnisvoll.
„Ach du heiliger Bimbam."
„Keine Sorge", versuchte Oda Fred zu beruhigen. „Diesmal ist es ausnahmsweise *kein* Päckchen. Es hat ein Fell, kann Männchen machen und kaut auf allem herum."
Fred wurde blass.
„Ein Yeti?", formte er lautlos mit den Lippen, damit seine Großmutter ihn nicht hören konnte.
„Nein." Nemo beschloss, seinen besten Freund nicht länger auf die Folter zu spannen. „Es ist … ein Hund!"

„Ein Hund?“ Freds Panik verwandelte sich in spontane Begeisterung. „Wo ist er?“

„Unten. Vor dem Haus. Ossi zerbeißt immer alles. Da wollten wir ihn nicht mit reinnehmen.“

„Zeig her!“ Eilig zerrte sich Fred die Küchenschürze vom Leib, knödelte sie zu einer Kugel zusammen und pfefferte sie auf die Anrichte.

„Aber du wolltest doch noch ...“ Seine Großmutter deutete auf die unfertigen Nofties. Aber da waren die Kinder schon aus der Küche.

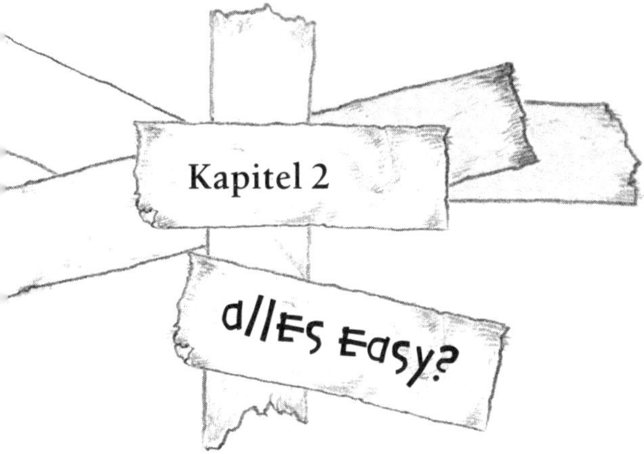

„Darf ich auch mal?“
„Klar!“ Nemo überreichte Fred feierlich die Leine. „Aber halt ihn gut fest. Ossi haut gerne ab.“
„Du glaubst wohl, ich bin zu blöd zum Gassigehen?“ Fred zog eine beleidigte Schnute, als Ossi unvermittelt losrannte. Im Laufschritt stolperte Fred dem kleinen Jack Russell hinterher. Oda kicherte. Es sah eher so aus, als führte Ossi Fred Gassi – und nicht umgekehrt.
„Aber eins versteh ich nicht ...“ Japsend kam Fred zu ihnen zurück. „... deine Eltern waren doch gegen einen Hund. Woher ihr Sinneswandel?“

„Ossi gehört ja nicht *mir*", stellte Nemo richtig. „Ich hab mich im *Boringer Boten* als Hundesitter angeboten. Meine Eltern haben gesagt, ich soll das erst mal ausprobieren mit einem Haustier."

Fred schnaubte. „Das ist ein ganz mieser Eltern-Trick! Die hoffen doch nur, dass du nach einer Woche keine Lust mehr hast."

„Dann beweise ich ihnen eben das Gegenteil!" Nemo übernahm wieder die Leine und bückte sich. Liebevoll tätschelte er Ossi den Rücken. Zum Dank für seine Streicheleinheiten schlabberte ihm Ossi über die Hand. „Mit einem Hund wird einem doch nie langweilig."

Oda war sich da nicht so sicher. Ihr war jetzt schon langweilig! „Was machen wir heute?", fragte sie.

„Wie?" Nemo und Fred sahen sie verständnislos an. „Na, wir gehen Gassi."

„Den ganzen Tag?" Oda atmete geräuschvoll aus. „Spazierengehen ist doch megaöde! Ob mit Hund oder ohne."

THERMO
BVB

Aber Nemo und Fred waren da offensichtlich anderer Meinung. Fröhlich liefen sie durch den Stadtpark, während Ossi übermütig neben ihnen auf und ab sprang.
Nemo hob ein Stöckchen vom Boden und versuchte, Ossi zu hohen Sprüngen zu animieren. Der Hund jaulte aufgeregt, während Fred begeistert applaudierte.
Seufzend folgte Oda ihnen und sah sich lieber in der Gegend um: Der Stadtpark war heute gerappelt voll. Es war Sonntag und die Boringer genossen das schöne Wetter. Endlich mal keine Affenhitze, keine Dunkelheit, kein Regen oder Schnee – das musste ausgenutzt werden!
Auf der großen Wiese, zwischen Frisbee-Spielern und Sonnenbadenden, entdeckte Oda drei Sonnenschirme mit Bistrotischen darunter, hinter denen Frau Dr. Spargel, Franz Ach und der Bürgermeister standen.
„He!“ Oda wandte sich an die Jungs. „Da drüben ist eine Wahlveranstaltung für die

Bürgermeisterwahl nächste Woche. Kommt, lasst uns mal rübergehen."
Aber die Jungs hörten ihr überhaupt nicht zu.
„Ja, was hab ich denn da?" Nemo griff in seine Hosentasche. Er zog einen Hundekeks hervor und hielt ihn so hoch, dass Ossi springen musste.
„Willst du ein Fresschen? Dann mach schön Männchen!"
Oda stöhnte. Das Theater um den Hund ging ihr langsam auf die Nerven! Sie entfernte sich ein Stück und schlenderte zu den drei Bürgermeisterkandidaten hinüber, während Nemo und Fred weiter mit Ossi spielten.
„Mit mir als Bürgermeisterin wird Boring endlich schöner werden!", krähte Frau Dr. Spargel durch ein Megafon, obwohl die meisten Zuhörer direkt vor ihr standen. „Ich verspreche mehr Beete, Blumen und Blütenduft. Ich werde mich um die Sanierung des Stadtparks kümmern und um die längst überfällige Reparatur des maroden Spielplatzes."

Oda sah rüber zum Kinderspielplatz: Tatsächlich strotzte die Sandfläche nur so vor Unkraut, vom Klettergerüst blätterte bereits die Lackschicht ab und die Schaukel hing müde an einer einzigen Kette herunter.

Bei diesem Anblick wirkte das Wahlversprechen des amtierenden Bürgermeisters wie der blanke Hohn: *Damit alles bleibt, wie es ist!* stand auf den Luftballons, die Herr Ölmez verteilte.

Einer war ausgebüxt und in der Baumkrone einer Eiche hängen geblieben. Das spielte Franz Ach in die Karten, der den zunehmenden Plastikmüll anprangerte: „Wer mehr Müll verursacht, muss auch mehr bezahlen!", rief der Postbote den zwei Kindern zu, die vor ihm standen. „Außerdem fordere ich eine autofreie Innenstadt und an jeder Ecke kostenlose Regenschirme und Leihfahrräder!"

„Und wovon soll ich dann leben?" Ein korpulenter Mann runzelte misstrauisch die Stirn.

Odas Miene verfinsterte sich. Herr Kriegelstein,

der Besitzer der örtlichen Fahrradmanufaktur, hatte genug Geld für *drei* Leben und sah ganz und gar nicht so aus, als würde er am Hungertuch nagen.
Nicht überzeugt von den vielen Wahlversprechen kehrte sie zu Nemo und Fred zurück. „Wollen wir zum Kiosk gehen? Ich hab Durst."
„Ich hab was zu trinken dabei." Nemo ließ sich auf eine Parkbank plumpsen und zog drei Limonadenflaschen aus seinem Rucksack. „Wer will?"
„Ich!" Fred setzte sich zu ihm und nahm ihm eine Flasche aus der Hand. Neugierig musterte er das Etikett: „*Blubb-Brause* ... ist die abgelaufen?"
„Natürlich nicht!", empörte sich Nemo, obwohl die Frage nicht ganz unberechtigt war. Nicht selten bot er seinen Freunden die abgelaufenen Lebensmittel aus dem Supermarkt an. „Muss aber trotzdem weg", gab er zu.
Er legte den Flaschenhals an die Kante der Parkbank und schlug einmal kräftig auf den

Kronkorken, sodass der absprang. „Das ist 'ne neue Marke. Mit der kann man Blasen blubbern. Hat sich aber leider überhaupt nicht verkauft." Er reichte Oda die offene Flasche.

„Danke." Oda nahm einen tiefen Schluck – nur um ihn sofort wieder auszuspucken. Doch statt eines Schwalls Limonade schwebte eine kugelrunde Blase aus ihrem Mund. „Bäh! Das Zeug ist ja ekelhaft süß." Angewidert wischte sie sich den Mund ab. „Kein Wunder, dass das niemand wollte!"

„Also, mir schmeckt's ... *Börp!*" Fred rülpste ebenfalls eine Limonadenblase in die Luft. „Und das mit den Blasen ist doch witzig!"

„Findet Ossi anscheinend auch!" Nemo deutete auf den kleinen Jack Russell, der kläffend nach den schillernden Blasen schnappte.

„Schlauer Hund!", lobte Fred. „Wollen wir ihm beibringen, Stöckchen zu holen?"

„Lieber nicht." Nemo kraulte Ossi hinter dem Ohr. „Ich darf ihn nicht von der Leine lassen. Er

schnappt nach allem und jedem und haut dann damit ab."
Oda fiel plötzlich etwas ein: „Sollen wir nach dem Einhorn suchen?"
„Nach dem Einhorn?" Fred verschluckte sich fast an seiner Blubb-Brause.
„Hast du ihm gar nichts davon erzählt?" Oda warf Nemo einen verwunderten Blick zu.
„Wann soll ich es ihm denn erzählt haben?", fragte Nemo zurück. „Fred ist ja eben erst angekommen."
„*Was* erzählt?", wollte Fred wissen.
„Ach, nicht so wichtig." Nemo wiegelte ab.
„Na ja ..." Oda zögerte. „Immerhin ist es ein verschwundenes Spielzeug."
Fred hustete. Diesmal hatte er sich wirklich verschluckt. „Ein verschwundenes Spielzeug?", krächzte er. „Was für ein verschwundenes Spielzeug?"
„Ein Plüscheinhorn", sagte Oda. „Tessa, das Mädchen, dem der Hund gehört, hat es verloren.

Oder besser gesagt: Ossi hat es ihr weggeschnappt und ist damit ins Gebüsch gerannt. Und als er wiederkam, war es weg."

„Nicht euer Ernst?" Entgeistert sah Fred Nemo an. „Wieso hältst du damit so lange hinter dem Berg?"

„Ach, vermutlich hat Ossi es einfach verloren", spielte Nemo die Sache herunter.

„Vermutlich?", kiekste Fred. „Vielleicht wurde es ihm aber auch geklaut! Von einem geheimnisvollen Unbekannten, der Spielzeug verzaubert, in Kisten packt und an den ‚Arsch der Welt' verschickt."

„Hoffentlich", murmelte Oda.

„Hoffentlich!?!" Fred blieb die Spucke weg.

„Wär doch cool!" Odas Augen begannen zu blitzen. „Stellt euch das mal vor: Ein lebendiges Einhorn – das ist ja ein absoluter Traum!"

Jedenfalls spannender als ein Hund, dachte sie, ohne es laut auszusprechen.

„Ein ... Traum?" Fred war da anderer Meinung. „Eher ein Albtraum!"

„Jetzt chillt mal." Nemo nahm einen Schluck aus seiner Flasche und blubberte eine weitere Blase in die Luft. „Wahrscheinlich liegt das Einhorn hier einfach nur irgendwo im Gebüsch."

„*How-dee-doo!*" In dem Moment kam Franz Ach zu ihnen herüber. „Gut, dass ich euch treffe. Nemo, es ist wieder ein neues Paket für dich angekommen."

„Liegt hier einfach nur irgendwo im Gebüsch, ja?" Vorwurfsvoll sah Fred Nemo an.

„Für mich?", fragte Nemo mit dünner Stimme und schluckte.

„Jo, Mann." Der Postbote mit den bleistiftkurzen Dreadlocks nickte. „Zumindest steht wieder diese seltsame Adresse darauf: *An Niemand. Wo der Pfeffer wächst. Am Arsch der Welt.*"

„Tippitoppi!" Oda schlug sich mit der Faust in die Hand.

„Okay." Nemo nickte und versuchte dabei, Freds Blick auszuweichen. „Dann hol ich's morgen früh gleich ab."

„*Alright*, Mann!“ Franz Ach verabschiedete sich. „Alles easy.“

„Alles easy!“, wiederholte Nemo. Aber so ganz sicher war er sich da nicht.

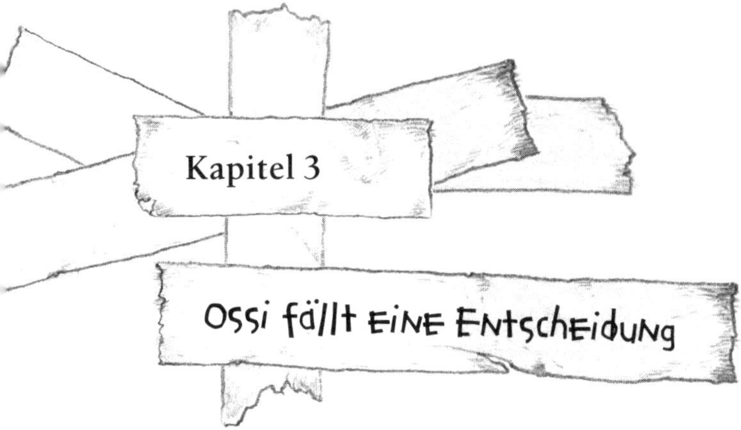

Kapitel 3

Ossi fällt eine Entscheidung

Am Montagmorgen stand Nemo besonders früh auf. Nicht so früh wie seine Eltern, die schon um sieben im Supermarkt sein mussten, aber früher als sonst in den Ferien.

Er gab Ossi zu fressen, füllte seinen Rucksack mit Blubb-Brause und machte sich auf den Weg zur Post.

Nachdem er das Päckchen abgeholt hatte, lenkte er seine Schritte Richtung Blumenviertel, wo Freds Vater wohnte, seit er sich von Freds Mutter getrennt hatte.

Für den Weg brauchte Nemo dreimal so lange wie

sonst, da Ossi das dringende Bedürfnis verspürte, jede einzelne Ecke zu markieren: die Brüstung an der Mückenbrücke, die Hecke der Kläranlage und die Schranke am Parkplatz vor dem Fitnessstudio. Als Nemo endlich ankam, waren Oda und Fred längst da.

„Und? Hast du es?“, begrüßte ihn Oda an der Tür.

„Dir auch einen *Guten Morgen*!“ Grummelnd zog Nemo das Päckchen aus seinem Rucksack.

„Dufte! Leg es da hin!“, begrüßte ihn Fred nicht freundlicher. Er ging ins Wohnzimmer voraus und deutete auf den kreisrunden Tisch. Wie üblich trug er kurze Hosen mit Bügelfalte und ein ebenso gepflegtes Hemd. Seine blonden Haare waren ordentlich gescheitelt. Sowohl an Freds Wortwahl als auch an seinem Aussehen konnte man gut erkennen, dass seine Großmutter sich viel um ihn kümmerte.

Nemo legte das Päckchen ab und stellte seinen Rucksack mit der Blubb-Brause auf den Boden. Dann ließ er Ossi von der Leine.

Kaum war der kleine Jack Russell frei, stürzte er sich auf einen Hausschuh von Freds Vater. Genüsslich begann er, darauf herumzukauen. „Pfui, Ossi! Aus!“ Fred zerrte ihm den Pantoffel aus dem Maul und legte ihn neben das Päckchen auf den Tisch. Ossi fiepte unschuldig und legte sein Köpfchen schief, was so süß aussah, dass Fred ihm sofort verzieh.
„Und dein Vater kommt ganz bestimmt nicht plötzlich nach Hause?“ Unsicher sah Oda sich in der Junggesellen-Bude um, die nur spärlich eingerichtet war. Bis auf den Tisch und vier Stühle gab es lediglich eine Kleiderstange mit Anziehsachen und eine Matratze auf Europaletten. Freds Vater war eher ein Outdoor-Typ und hielt nicht viel von unnötigem Schnickschnack.
„Bestimmt nicht“, versicherte Fred. „Er wandert zu Fuß nach Hause. Vom Survival-Camp bis nach Boring! Dafür braucht er mindestens sechs Tage. Wir können das Päckchen also ruhig hier liegen lassen, bis Tessa wieder da ist.“

„Oder wir öffnen es?“, schlug Oda vorsichtig vor.
„Kommt nicht in die Tüte!“, entgegnete Fred wie aus der Pistole geschossen.
„Und warum nicht?“ Neugierig schlich Oda um das Päckchen herum, das über und über mit Glitzer bestäubt war. BITTE NICHT ÖFFNEN stand in großen Buchstaben darauf. Und darunter: MAGIC!
„Wir haben ja jetzt den Hund“, erinnerte Fred und warf Nemo einen warnenden Blick zu, als dieser das Päckchen genauso interessiert betrachtete wie Oda. Selbst Ossi sprang auf einen der Stühle und hechelte das Päckchen schwanzwedelnd an.
„Schon ...“ Nachdenklich kraulte Nemo dem kleinen Jack Russell den Nacken. Das stimmte natürlich: Er hatte jetzt Ossi. Andererseits ...
„Aber ein Einhorn ist doch viel cooler!“, sprach Oda seine Gedanken aus. „Bitte, lasst es uns öffnen!“
„Wir öffnen es ja“, sagte Nemo und versuchte,

vernünftig zu bleiben. „Aber erst, wenn Tessa aus dem Urlaub zurück ist."

„Genau!", pflichtete Fred ihm erleichtert bei. „Dann kann sie ihr Einhorn umarmen – und fertig."

„Und wo bleibt der Spaß?", maulte Oda. „Ich will das Einhorn ein bisschen länger genießen als nur ein paar Minuten."

Nemo hatte ein Déjà-vu. Genau so war es ihm mit dem Drachen gegangen!

„Genießen?" Fred lachte trocken. „Und wenn gar kein Einhorn drin ist?"

„Was soll denn sonst drin sein?" Trotzig verschränkte Oda die Arme. „Denk doch mal nach: *Magic* – das heißt *magisch*. Da ist ganz sicher das Einhorn drin!"

Nemo nickte. Tessa hatte ihr Kuscheleinhorn Magic genannt.

„Das heißt gar nichts", widersprach Fred. „*Magisch* – das trifft auf viele Wesen zu. Es könnte genauso gut ein Troll drin sein. Ein Oger.

Oder sogar eine Mumie!" Bei dem Gedanken schüttelte es ihn. „Dann nützt uns Tessa überhaupt nichts und wir sitzen hier mit einem Monster fest!"

„Stimmt!" Nemo ließ sich auf die Matratze fallen und lachte. „Vielleicht ist auch die Zahnfee drin, der Osterhase oder der Bi-Ba-Butzemann."

„Sehr witzig." Fred warf ihm einen genervten Blick zu. „Veräppeln kann ich mich selbst."

„Hallo!" Oda ging dazwischen: „Da ist ganz sicher keine Mumie drin. Guckt euch doch mal das Glitzerpapier an!" Sie deutete auf den Tisch. Aber da lag nichts mehr.

Zumindest kein Päckchen.

Nur noch der angekaute Hausschuh von Freds Vater.

Oda stutzte. „Wo ist es?"

„Weg!", stellte Fred das Offensichtliche fest.

„Vielleicht hat Ossi ...?" Nemo sah sich nach dem kleinen Jack Russell um. Doch auch der war plötzlich verschwunden.

In dem Moment ertönte ein lauter Knall.
Sie zuckten zusammen.
Aus dem Flur erklang ein herzzerreißendes Jaulen und an der Tür zum Wohnzimmer waberte eine dichte rosa Rauchwolke vorbei ...

„Seht ihr!“ Oda beugte sich über die qualmende Kiste. „Es ist das Einhorn“, rief sie triumphierend und klatschte begeistert in die Hände.
„Na prima!“ Fred schluckte. „Wenigstens eine, die sich freut.“
Nemo kam vorsichtig näher, während Ossi sich eng an seine Beine drückte, mit eingezogenem Schwanz und angelegten Ohren.
Tatsächlich!
In der Kiste, die er zerbissen hatte, lag eindeutig Tessas Einhorn. Es hatte einen milchig weißen Körper, goldene Hufe und einen bunten Pony.

WILDER

Seine Mähne glänzte, als wäre sie eben erst mit einer Spülung gewaschen worden. Auf seiner Stirnmitte saß ein goldenes Horn, spiralförmig gewunden wie ein Schneckenhaus. Auf seiner Brust prangte ein großer schwarzer Fleck ...
„Wie cool!“ Oda stupste das Einhorn in den prallen Bauch.
Stöhnend wälzte es sich auf die Seite. Kurz sah es so aus, als wolle es einfach weiterschlafen. Aber als Ossi es aufgeregt ankläffte, öffnete es zwei himmelblaue Augen, reckte sich und krabbelte verschlafen aus der Kiste.
Kaum war es aus dem beengten Rahmen heraus, blähte es sich auf. In Sekundenschnelle schwoll es an wie ein Luftballontier und hörte erst auf zu wachsen, als es die Größe eines Ponys erreicht hatte.
„Wow!“ Staunend sah Nemo zu ihm hoch.
Ossi verlor sofort wieder den Mut. Leise winselnd drückte er seinen Oberkörper flach auf den Boden und kreuzte seine Pfoten quer über der Schnauze.

„Hi, ich bin Magic", brummte das Einhorn mit dem öligen Bass eines Schnulzensängers und stemmte selbstbewusst die Hufe in die Hüfte.
„Hi M-M-Magic", stotterte Fred. „Warum hast du denn so eine tiefe Stimme?"
„Stimmbruch." Das Einhorn schürzte seine seidig weichen Lippen. „Ich bin jetzt seit vierzehn Jahren auf dem Markt. Komme wohl langsam in die Pubertät."
Nemo hob erstaunt die Augenbrauen. „Du bist ein Junge?"
„Ein Einhorn, Digga! Sieht man das nicht?" Magic pustete sich die Borsten aus der Stirn und schielte auf sein Horn.
„Schon, aber ich dachte, Einhörner sind weiblich."
„Warum das denn?" Magic bleckte die Zähne.
„Na, wegen dem Glitzer und so."
„Hey!" Der Blick des Einhorns verfinsterte sich. „Wo steht geschrieben, dass Jungs keinen Glitzer mögen? Ich steh voll krass auf Glitzer!"

„Echt jetzt?" Nemo guckte ungläubig.
Fred räusperte sich. „Also, ich finde Glitzer eigentlich auch ganz dufte."
„Nice!" Erfreut legte Magic ihm einen Huf auf die Schulter und tippte ihm mit dem anderen auf die Brust. „Du bist mein Mann." Er hustete Fred etwas Glitzer auf den Kopf und verrieb ihn wie Gel in dessen Haar. Nemo kicherte.
„Okay", sagte Fred, „und was machen wir jetzt?"
„Erst mal kann er ja hierbleiben", schlug Oda vor. „Dein Vater kommt doch erst am Wochenende wieder."
„Hier?", fragte das Einhorn und trabte wenig begeistert in das karg eingerichtete Wohnzimmer. Skeptisch sah es sich um. „Hier gibt's ja nicht mal 'ne Glotze. Habt ihr wenigstens Käsekuchen da?"
„Wir haben Limonade." Nemo zog eine Flasche aus seinem Rucksack und reichte sie ihm.
„Oh! Rülpshilfe!" Freudig schnippte Magic den Kronkorken vom Flaschenhals. Er trank die Blubb-Brause in einem Zug leer, schlug sich mit dem Huf

auf die Brust und rülpste lautstark. Eine rosafarbene Seifenblase schwebte in den Raum.
„Ha, ha, funny!" Magic senkte den Kopf, visierte die Seifenblase mit seinem Horn an und brachte sie zum Platzen. Dann ließ er sich auf das Sofa fallen und schaltete den Fernseher ein.
Fred stutzte. Seit wann hatte sein Vater denn einen Flachbildfernseher an der Wand?

Kapitel 5

Ein Wolfshund namens Mücke

„Abgefahren!“ Oda war ganz aus dem Häuschen. „Ich hab doch gesagt: Ein Einhorn ist super! Es heißt nicht umsonst *Magic*. Magic ist *magisch*! Es kann Wünsche erfüllen. Und man kann auf ihm reiten!“

„What?“ Erschrocken setzte sich Magic auf.

„Los, lasst uns das ausprobieren!“ Oda hüpfte auf und ab vor Freude.

„Du willst in der Wohnung reiten?“, fragte Fred schockiert. „Kommt gar nicht infrage!“, protestierten er und Magic gleichzeitig.

„Nein, ich will mir was wünschen.“

Oda überwand ihre Abneigung gegenüber der pappsüßen Limonade. Sie füllte ihren Mund mit Blubb-Brause, rülpste eine wunderschöne Blase in die Luft und wedelte sie auf Magics Horn. Kaum, dass sie daran zerplatzte, wünschte sie sich eine Pizza.
Enttäuscht sah sie sich um.
Nichts passierte.
„Vielleicht muss *Magic* die Blase rülpsen“, überlegte Nemo.
„Na klar!“, rief Fred. „Die Limonade muss erst einmal durch das magische Einhorn durchgelaufen sein.“
„Das würde die Sache vereinfachen ...“ Oda holte ein Glas Wasser aus der Küche und spülte sich gurgelnd den Mund aus. „Ich hasse dieses klebrige Zeug.“
Zum Glück ging es Magic da anders: Er liebte die zuckrige Blubb-Brause und rülpste gerne ein paar hübsche Blasen für sie.
Oda versuchte es noch einmal: „Ich hätte gerne

eine Pizza!", rief sie und zerpikste die Blase mit ihrem Zeigefinger.
PLATSCH!
In ihren Händen erschien ein dampfender Teigfladen.
„Och nö!" Oda verzog das Gesicht. „Die ist ja mit Pilzen!"
„Ey, beschwer dich, Madame!" Magic zog einen Schmollmund. „Ich geb mir hier voll krass die Mühe und du maulst nur rum? Dann musst du eben genauer wünschen."
„Na gut." Oda schenkte Fred ihre Pilz-Pizza und zerpikste eine weitere Blase, die Richtung Deckenlampe schwebte. „Eine Quattro Formaggi, bitte."
In ihren Händen erschien eine perfekt geformte Pizza mit vier duftenden Käsesorten. „Lecker!" Oda lief das Wasser im Munde zusammen.
Nun bekamen auch die anderen Appetit.
Nemo wünschte sich einen Eisbecher und im zweiten Anlauf auch drei Kugeln Eis dazu. Magic

zauberte sich ein großes Stück Käsekuchen herbei, und als Ossi eine Blase erwischte, erschien – KLONK! – ein riesiger Hundeknochen vor seiner Schnauze.

Eine Weile war nur ihr Schmatzen im Zimmer zu hören, als Nemo plötzlich eine Idee kam: „Oh Mann, bin ich blöd! Warum bin ich nicht gleich darauf gekommen?“

„Auf was?“ Oda und Fred sahen von ihren Tellern auf.

„Ich wünsche mir einen eigenen Hund!“

„Gönn dir!“ Magic rülpste eine besonders schöne und schillernde Blase. Nemo zerpikste sie, und noch bevor Oda und Fred „Genauer!“ rufen konnten, erschien neben seinem Stuhl ein Hund. Grau und zottelig.

Und so groß wie ein Kalb!

Erschrocken wich Nemo zurück und kippte mitsamt seinem Stuhl um. Unsanft landete er auf dem Rücken und strampelte mit den Beinen in der Luft wie ein Käfer. Schon war der Riesenhund

über ihm. Schwanzwedelnd schlabberte er Nemo übers Gesicht und bellte mit tiefer Stimme: *Wuff*!
„Ich glaub, du musst keine Angst haben." Fred half seinem Freund wieder auf. „Das ist ein Irischer Wolfshund. Die sind total gutmütig."
„Klar, weiß ich." Betont lässig tätschelte Nemo seinem Riesenhund den Kopf. Dass sich seine Beine wie Wackelpudding anfühlten, verriet er lieber nicht.
„Jetzt haben wir also noch einen Hund!" Oda lächelte gequält. „Wie soll er heißen?"
Nemo sah den Wolfshund nachdenklich an. Selbst wenn er stand, reichte das Tier ihm immer noch bis zum Bauch. „Ich glaube, ich nenne ihn Mücke."

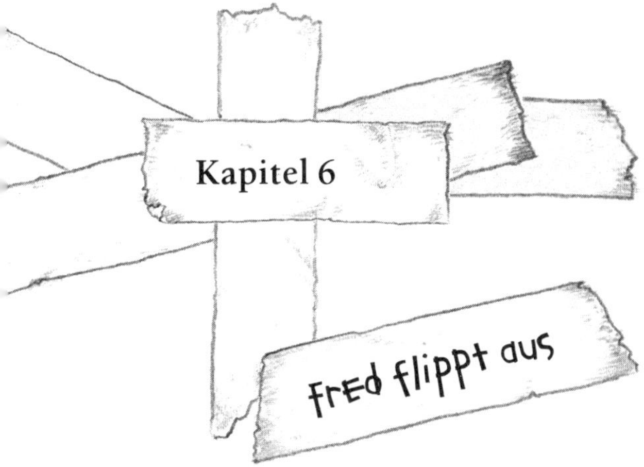

Nach dem Essen machten sie es sich auf dem Sofa gemütlich. Während Ossi und Mücke sich ausgiebig beschnupperten und kurz darauf fröhlich durchs Wohnzimmer tollten, erfüllten sich Nemo, Oda und Fred noch weitere Wünsche.
„Ich wünsche mir ein hübsches Brillenetui“, rief Oda.
„Und ich mir eine Gitarre“, rief Fred.
„Ich wünsche mir eine Leine für Mücke“, sagte Nemo. „Und einen großen Fressnapf dazu!“
„Halt! Das waren zwei Wünsche!“, beschwerte sich Oda, während vor Mückes Schnauze eine silberne

Futterschüssel erschien. „Jetzt bin ich wieder dran. Magic, darf ich bitten?“ Auffordernd knuffte sie dem Einhorn in die Seite, das nach dem fünften Stück Käsekuchen wegzudösen drohte.

„Logo!“, antwortete Magic schlapp, nippte an seiner Limo und rülpste herzhaft ein paar Blasen in die Runde.

„Ich wünsche mir ein Buch über griechische Götter“, sagte Oda. „Und ...“, ihre Stimme bekam einen feierlichen Klang, „... dass meine Eltern öfter zu Hause sind!“

„Schöner Wunsch!“, sagte Nemo und zerstach eine Luftblase für sie, die gerade an seiner Nasenspitze vorüberschwebte – als es plötzlich erbärmlich zu stinken begann.

„Boah, wer hat hier gepupst?“ Fred schmiss die Gitarre zur Seite und sprang vom Sofa auf. Vorwurfsvoll funkelte er Magic an.

„Du verdächtigst mich?“ Das Einhorn machte ein unschuldiges Gesicht. „Never ever.“

Oda lenkte schnell ab, bevor die beiden in Streit

gerieten: „Glaubt ihr, mein Wunsch ist in Erfüllung gegangen?“

„Das Buch schon.“ Nemo reichte ihr einen dicken Schmöker mit Göttersagen. „Aber das mit deinen Eltern wird sich wohl erst mit der Zeit herausstellen. Wer ist dran?“

„Ich.“ Fred setzte sich wieder hin. Er zerstach eine ganze Kette an Luftblasen und wünschte sich mehrere coole Klamotten zusammen: ein Paar Bermudas in Camouflage-Optik, ein FC-Boring-Trikot und die angesagtesten Sneakers. Dazu eine Wollmütze und eine lässige Sonnenbrille.

„Endnice!“, lobte Magic und bestellte sich ein weiteres Stück Käsekuchen, außerdem ein Duschgel und ... eine Wanne mit Whirlpool.

„Was? Nein! Spinnst du?“ Fred sprang erneut auf, als die Badewanne augenblicklich und unter großem Getöse neben dem Sofa erschien. „Hast du noch alle Tassen im Schrank?“, brüllte er Magic an. „Wie soll ich denn einen Whirlpool jemals wieder aus der Wohnung kriegen?“

„Gar nicht“, entgegnete Magic gelassen. „Ein Whirlpool ist doch endcool! Noch dazu im Wohnzimmer. So kann man gleichzeitig baden *und* fernsehen. Dein Vater wird sich bestimmt mega darüber freuen, Mann.“

„Mein Vater wird sich *überhaupt* nicht darüber freuen!“ Fred sprang auf und ab wie Rumpelstilzchen. „Mein Vater badet gerne in Moorseen und duscht unter Wasserfällen. Er hasst luxuriösen Schnickschnack!“ Hektisch begann er, die leeren Limonadenflaschen und Essensreste einzusammeln. „Mir reicht's jetzt mit dem Herumgewünsche. Raus hier! Sofort! Alle!“

„Magic auch?“, fragte Oda erstaunt. „Aber wohin sollen wir ihn bringen?“

„Ja, wohin soll ich gehen?“ Magic machte ein langes Gesicht.

„Mir doch egal!“, schimpfte Fred und antwortete damit gleich beiden. „Jedenfalls kann er hier nicht bleiben. Was, wenn er sich noch mehr Unsinn wünscht?“

„Man spricht nicht von Anwesenden in der dritten Person!“, mahnte Magic und popelte sich ein paar Kuchenkrümel aus dem Gebiss.
Nemo schlug vor: „Wir könnten ihm einen eigenen Stall zaubern. Äh, entschuldige. *Dir*.“
„Einen Stall? Phffrrr.“ Abschätzig schnaubte Magic eine Ladung Glitzerstaub aus den Nüstern. „Das ist ja unsuper! Wenn, dann will ich ein eigenes Haus. Ich bin doch kein blödes Pferd.“
„Okay.“ Nemo war einverstanden. „Dann eben ein Haus.“
Er reichte Magic eine neue Flasche Blubb-Brause.
„Stopp!“ Oda nahm ihm die Limo wieder ab. „Fred hat recht. Wir sollten etwas vorsichtiger sein mit unseren Wünschen. Ich schlage vor, dass wir eine Nacht drüber schlafen und uns überlegen, was wir mit Magics Gabe anfangen. So lange ist es das Vernünftigste, wenn er erst einmal hierbleibt.“
Sie wandte sich an Fred. „Einverstanden?“
„Na gut. Aber nur, wenn er sich keine neuen Sachen mehr wünscht!“

Oda sah Magic an.
Trotzig verschränkte das Einhorn die goldenen Hufe vor seiner Brust. „Aber nur, wenn *er* nicht mehr in der dritten Person von mir spricht."
Oda sah wieder zu Fred.
„Wennerunbedingtdaraufbesteht", nuschelte der.
Oda hob tadelnd eine Augenbraue.
„Wenn *du* darauf bestehst", korrigierte Fred knurrend.
„Cool, Mann!" Magic sah sich im Wohnzimmer um. „Dann bräuchte ich nur noch ein Bett oder so was." Er nahm sich die Flasche zurück, trank einen Schluck aus der Blubb-Brause, rülpste eine Blase und stach sie kaputt.
PAZONK!
„Ah, da ist ja eins." Ein rosafarbenes Himmelbett erschien mitten im Raum.
„Geht's noch!?!" Fred lief puterrot an. Oda und Nemo mussten ihn festhalten, damit er sich nicht sofort auf das Einhorn stürzte.
Aber auch Nemo war sauer.

„Was haben wir denn eben gesagt?“, fragte er Magic streng und fand, dass er dabei klang wie seine eigene Mutter. „Keine weiteren Wünsche mehr! Kapiert?“
„Läuft!“ Magic ließ sich auf das Himmelbett fallen und streckte alle viere von sich. Dabei entwich ihm ein knatternder Pups, der wunderbar nach Vanille roch.
Nemo sah verwundert zu Oda. Der Pups von vorhin konnte also gar nicht von Magic gestammt haben! Fred, der sich so aufgeregt hatte, war es offensichtlich auch nicht gewesen. Und für sich selbst legte Nemo die Hand ins Feuer. Kam also nur noch Oda infrage ... das hätte er ihr gar nicht zugetraut!
„Gut“, sagte Oda, ohne auf Nemos Blick zu achten. „Also noch einmal: Keine weiteren Wünsche mehr, bis wir morgen früh wiederkommen!“
„Übertreib!“ Das Einhorn rollte sich auf die Seite und stützte seinen Kopf auf einen Huf.

„Ist das klar?“, fragte Oda.
„Glasklar“, murmelte Magic.
„Schwörst du?“, fragte Fred etwas lauter.
„Ja, reg dich ab, ich schwör.“ Magic hob einen goldenen Huf.
Endlich war Fred zufrieden.

Für den Heimweg brauchte Nemo noch länger als für den Hinweg. Denn nun hatte er zwei Hunde, die an jeder Ecke stehen blieben. Außerdem nahm er den Umweg über den Marktplatz. Er wollte noch kurz am Supermarkt vorbeischauen. Einerseits, um Nachschub an Blubb-Brause zu holen. Andererseits, um seinen Eltern zu beichten, dass er jetzt einen eigenen Hund hatte ... Das würde sicher nicht leicht werden!
Und noch etwas anderes machte ihm Sorgen: Nemo blickte ahnungsvoll in den Himmel. Wie sich das Wetter wohl diesmal verändern würde?

Kapitel 7

Dicke Luft mit rosa Wölkchen

Am Dienstagmorgen wurde Nemo von einer rauen Zunge geweckt. Sabbernd stand Mücke neben seinem Bett und schlabberte ihm einmal quer übers Gesicht.

„Guten Morgen!“ Nemo hob einen Arm und kraulte seinen Wolfshund unter dem Kinn. Er konnte es noch immer nicht glauben: Er hatte jetzt einen eigenen Hund! Und der hatte die freundlichsten Augen der ganzen Welt.

Mücke war wirklich so gutmütig, wie man es sich nur wünschen konnte! Sogar Nemos Eltern hatten sich schnell mit ihm angefreundet – vielleicht, weil sie nicht wussten, dass er für immer bleiben würde. Nemo hatte es nicht gewagt, ihnen die ganze Wahrheit zu beichten. Aber als Zweithund zum Sitten hatten sie ihn schon mal akzeptiert. Das war doch ein guter Anfang!

Nemo kniete sich in sein Bett und zog das Rollo hoch. Erleichtert atmete er auf: Das Wetter schien diesmal normal zu sein. Der Himmel leuchtete babyblau und wies vereinzelte rosa Wölkchen auf. Nur etwas machte ihn stutzig: Ein bunt schillernder Regenbogen spannte sich über den Vorgarten – obwohl es gar nicht regnete. Aber wenn es nur das war ...

Nemo rollte sich aus dem Bett und schlüpfte in seine Klamotten. Nach einer kurzen Katzenwäsche nahm er die Hunde an die Leine und machte sich mit ihnen auf den Weg zur Wohnung von Freds Vater.

Je länger er unterwegs war, umso beruhigter war er: Das Wetter blieb schön! Kein Regen, kein Schnee, keine Dunkelheit und auch keine

unerträgliche Hitze. Es war genau so, wie man es sich wünschte: nicht zu heiß und nicht zu kalt. Ein fast magisches Leuchten spiegelte sich in den Fenstern wider. Ein leichter Föhnwind wehte und zerzauste Nemo das Haar. Er schnupperte. Konnte es sein, dass es nach Erdbeere roch? Nemo schnupperte noch einmal.
Nun konnte er auch einen dezenten Vanilleduft wahrnehmen. Sein Blick blieb an der rosa getünchten Hauswand des „Café Kandis“ hängen. Sicher kam der Geruch aus der Backstube. Auf einer schwarzen Klapptafel waren diverse Kuchen aufgelistet, darunter auch Erdbeerkuchen und Vanilleplunder.
Nur Käsekuchen war durchgestrichen. Offensichtlich war er aus. Gut, dass Magic sich den selbst wünschen konnte.
Während Nemo mit Ossi und Mücke noch eine kurze Runde auf der Hundewiese im Park drehte, überlegte er, was er sich heute wünschen sollte. Ein Pool wäre cool! Oder ein eigener Fernseher im

Zimmer? Aber das würden seine Eltern sicher nicht erlauben. Wahrscheinlich hatte Oda recht: Sie mussten vorsichtig sein mit ihren Wünschen.
„Hey-ho, Sportsfreunde!"
Eine bekannte Stimme wehte zu ihm herüber. Nemo schaute sich um und entdeckte Hubsi Hubert in der Nähe, den Wetterfrosch von TV Kabeljau. Passend zum Wetter empfahl der Moderator immer die eine oder andere Sportart. Diesmal hatte er eine Slackline zwischen zwei Bäume gespannt. Mit ausgestreckten Armen balancierte er darüber.
Vor ihm kniete ein Kameramann und filmte von unten – wahrscheinlich damit das Seil höher wirkte, als es in Wirklichkeit war. Sein Kollege fing den Ton ein.
„Am Sonntag ist Bürgermeisterwahl", hörte Nemo den Moderator sagen. „Und nicht nur in der Politik könnte es wechselhaft werden. Auch das Wetter verspricht so einige Turbulenzen." Hubsi schwankte. Nemo war sich nicht ganz sicher, ob er

TV
Kabeljau

wirklich mit dem Gleichgewicht kämpfte oder ob das zur Show gehörte.
Sobald er sich wieder gefangen hatte, sprach der Moderator weiter: „Für heute empfehle ich euch fluffige Sportarten wie Federball oder Bändertanz, Trampolinspringen oder Slacklining. Tja, wer die *Wahl* hat, hat die Qual.“ Hubsi zwinkerte schelmisch in die Kamera. „Aber immer schön die Balance halten!“
Kaum hatte er zu Ende gesprochen, purzelte er vom Seil. Geschickt rollte er sich ab und sprang wieder auf.
Nemo lachte. Er liebte Hubsis sportlichen Wetterbericht! Vielleicht, dachte er, wünsche ich mir einfach nur ein Seil.

Gut gelaunt erreichte Nemo die Wohnung von Freds Vater.
Doch dort herrschte dicke Luft.
„Sie streiten sich“, warnte Oda ihn vor, als sie ihm die Tür öffnete.

„Schon wieder?“ Nemo ließ die Hunde von der Leine und folgte ihr in die Küche, wo die anderen beiden am Tisch saßen.
„Das Einhorn hat sich trotz unseres Verbots weitere Sachen gewünscht“, begrüßte ihn Fred. „Ich bin echt stocksauer!“
„Chill mal!“, verteidigte sich Magic. „Und sprich mich direkt an, wenn du was von mir willst.“ Gelassen klebte er sich winzige Nagelsticker auf die goldenen Hufe. „Das waren doch nur Kleinigkeiten.“
„Kleinigkeiten?“ Fred deutete auf eine seltsame Maschine, die auf der Anrichte stand. „Du nennst eine Popcornmaschine, einen Haufen Computerspiele, fünf Kopfkissen und kiloweise Käsekuchen *Kleinigkeiten*?“ Er zeichnete mit seinen Fingern Gänsefüßchen in die Luft.
Nemo blickte sich in der unaufgeräumten Küche um. Auf der Anrichte standen Teller mit angefressenem Käsekuchen, in der Spüle sammelten sich leere Limonadenflaschen und

unter seinen Schuhsohlen knirschte heruntergefallenes Popcorn.
Zu allem Übel kam nun auch noch Ossi hereingestürmt, in seinem Maul eines der neuen Kissen. Er schüttelte es so heftig hin und her, dass es kurz darauf Federn schneite.
„Oh Mann!“ Fred fing an, sauber zu machen. Dabei feuerte er ein regelrechtes Elternsprüche-Feuerwerk Richtung Magic ab: „Siehst du, was du angerichtet hast? Hilf mir gefälligst! Ich bin ja nicht dein Sklave! Solange du in meiner Wohnung wohnst, musst du dich schon an meine Regeln halten.“
„Phffrrr.“ Magic schnaubte verächtlich. „Ich glaube, es wäre mir doch lieber, du würdest wieder in der dritten Person von mir sprechen.“
Das Einhorn öffnete eines der Noftie-Säckchen, die Fred am Abend noch fertig gemacht und mitgebracht hatte. Genervt stopfte er sich ein Marshmallow zwischen die Zähne. „Mhm. Was'n das? Voll lecker!“ Er legte seinen Kopf in den

Nacken und schüttete sich die restlichen neun auf einmal in den Mund. Gierig griff er nach einem weiteren Beutel.

„Untersteh dich!“ Fred warf sich über die Säckchen. „Die sind fürs Kino.“

„Ist doch nicht so schlimm“, versuchte Nemo ihn zu beruhigen. Oda nickte: „Wir können uns ja jetzt jederzeit neue wünschen.“

Aber Fred war nicht mehr zu beruhigen. Ihm reichte es endgültig: „Ich bestehe darauf, dass das Einhorn woanders hingebracht wird. Und zwar sofort!“ Wütend stopfte er die Säckchen in Nemos Rucksack.

„Okay.“ Nemo stapelte die Kuchenteller aufeinander und räumte sie in die Spülmaschine.

„Aber wohin?“, fragte Oda. Sie hatte ein schlechtes Gewissen. Immerhin hatte sie Fred das Einhorn eingebrockt.

„Mir egal“, schnaubte Fred. „Hauptsache, er ist aus der Wohnung. Mein Vater flippt aus, wenn er das Chaos hier sieht!“

„Ich glaub, ich hab eine Idee.“ Nemo schloss die Spülmaschine und wandte sich an Magic: „Du wolltest doch ein eigenes Haus.“
Klirrend stellte Fred den Rucksack ab. „Jetzt schlägt's aber dreizehn! Du willst ihn also auch noch für sein Verhalten belohnen?“
„Ich halte das auch für keine so gute Idee“, gab Oda zu bedenken. „Ein Einhorn kann doch nicht einfach in ein Haus ziehen wie ein ganz normaler Bürger.“
„Nope!“ Magic schüttelte den Kopf. „Das geht wirklich nicht. Wenn, dann schon *Ehrenbürger*.“
Fred stöhnte genervt auf.
Nemo schmunzelte. „Keine Sorge, ich hab eine andere Idee. Lasst euch einfach überraschen.“

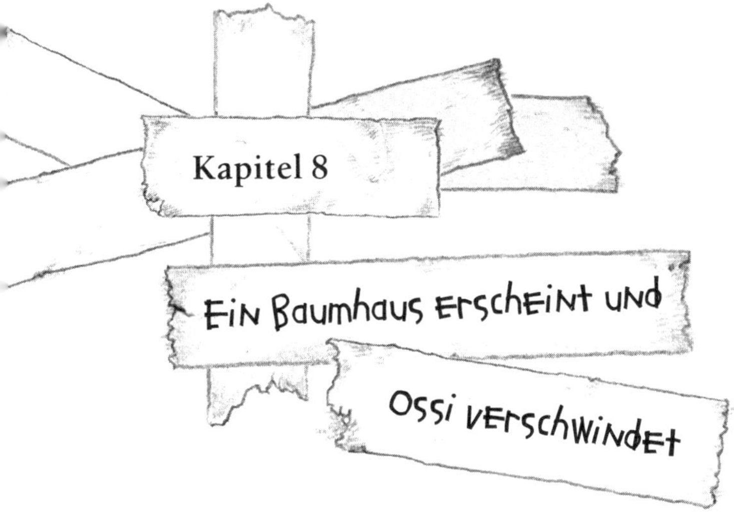

Kapitel 8

Ein Baumhaus erscheint und Ossi verschwindet

Nemo musste Ossi an die kurze Leine nehmen, damit er nicht abhaute. Hier im Wald wollte der kleine Jack Russell am liebsten jedem Geräusch hinterherjagen. Aufgeregt sprang er voraus, während Mücke Nemo nicht von der Seite wich. Brav trottete der zottelige Wolfshund neben ihm her und sammelte dabei Kletten im Fell.

„Wo führst du uns hin?“, quengelte Oda, die hinter Magic lief, während Fred das Schlusslicht machte. „Ich hasse Spaziergänge!“

„Wir sind ja gleich da.“ Nemo lotste sie durch ein einsames Waldstück hinter dem Boringer Weiher.

Hier kam nie jemand vorbei, es herrschte eine fast gespenstische Ruhe. Nur ein einzelner Vogel zwitscherte aufgeregt und gelegentlich knackste es im Unterholz.
„Wie weit denn noch?“ Missmutig maulte Oda Magics Hintern an. „Und warum darf ich nicht auf dir reiten?“
„Weil du keine Fee bist“, blaffte das Einhorn zurück. Suchend sah es sich um. „Ich seh weit und breit kein Haus.“
„Wir müssten gleich da sein“, sagte Fred, der ahnte, wohin sein Freund wollte. Hier im Niemandsland zwischen Boringer Weiher und Wildpark hatten sie früher oft zusammen gespielt.
„Da ist es!“ Nemo bog einen Busch zur Seite und deutete auf eine kleine Lichtung, in deren Mitte eine imposante Buche stand. In ihren unteren Ästen hingen ein paar morsche Bretter. „Erinnerst du dich, Fred?“
Fred nickte. „Unser altes Baumhaus! Oder zumindest das, was davon übrig geblieben ist.“

„What?", wieherte Magic empört. „Da soll ich wohnen? Never ever!" Er schüttelte seine regenbogenfarbene Mähne. „Das ist ja total heruntergekommen."
„Noch!" Nemo zog seinen Rucksack von den Schultern und holte eine Flasche Blubb-Brause heraus. „Aber jetzt möbeln wir es ein wenig auf."

Nemo hatte schon immer von einem Baumhaus wie in einem Kinofilm geträumt. Aber sosehr sie gesägt, gehämmert und geschraubt hatten, nie hatte ihr Baumhaus auch nur annähernd so ausgesehen. Nun hatten sie endlich eine Möglichkeit gefunden!
Wenige Blubb-Blasen später hing in den Ästen der Buche, zehn Meter über dem Boden, ein mehrstöckiges Baumhaus mit vielen Fenstern und Erkern, Türmchen, Hängebrücken und Balkonen.
„Nice!" Zufrieden blähte Magic die Nüstern.
„Wie soll es heißen?", fragte Nemo.
„Na, *Magic Castle*, ist doch klar." Das Einhorn

pustete sich den Pony aus der Stirn. Fred grunzte abschätzig. „Es geht nicht immer nur um dich."
„Machen wir's wie bei den Nofties", schlug Oda eilig vor. „Verwenden wir unsere Anfangsbuchstaben."
„Gut." Fred war einverstanden. „Wie wär's mit Nofburg?"
„Magic fängt mit M an", sagte das Einhorn.
„Dann eben Monfort", machte Nemo einen Vorschlag zur Güte. „Da sind alle Anfangsbuchstaben drin."
„Klingt cool." Oda nickte begeistert. „Das hört sich nach französischer Ritterburg an."
Sie wünschte sich noch ein Schild über den Eingang, eine Lichterkette und eine Kletterrose, die an den Wänden hochrankte. Fred verlangte eine Strickleiter und Nemo eine Kiste mit Flaschenzug, mit der er die Hunde nach oben ziehen konnte.
Beeindruckt wanderten sie durch die vielen Zimmer und richteten sie mit passenden Möbeln

Mon fort
5

ein. Sie bestellten vier Betten, einen Tisch und mehrere Stühle. Einen Tischkicker, ein Sofa, einen Fernseher und – damit er auch funktionierte – einen Anschluss an das städtische Stromsystem. Fred orderte einen Kühlschrank, um die Blubb-Brause darin zu kühlen, und zur eigenen Abkühlung einen Pool unter dem Baum.

„Coole Idee!“ Magic schüttelte anerkennend die schillernde Mähne. „Give me five.“ Er streckte Fred einen goldenen Huf entgegen.

„Give me five?“, gackerte Fred. „Das macht überhaupt keinen Sinn! Du hast nur *einen* Huf.“ Trotzdem schlug er ein.

Nemo sah es gern, dass die beiden sich besser verstanden. Das Gezicke war ihm ganz schön auf die Nerven gegangen. Er wünschte sich Badeklamotten für alle und eine Rutschbahn, mit der sie vom Baumhaus direkt in den Pool rutschen konnten.

Unten angekommen sprangen Ossi und Mücke sofort wieder aus dem Wasser und schüttelten sich. Magic hievte sich an den Beckenrand und fischte sich eine frische Flasche Blubb-Brause aus Nemos Rucksack. Unermüdlich blubberte er weitere Blasen in die Luft.

„Ein Sprungbrett, bitte", rief Nemo.

„Ein Handtuch", bat Oda.

„Und einen Kühlschrank!", wünschte sich Fred.

„Moment!" Oda hielt ihn auf. „Einen Kühlschrank haben wir doch schon."

„Ja, aber nicht hier unten am Pool."

„Und keinen mit Eiscrusher", sprang Magic ihm zu Hilfe. Er zerstach eine Blase, die direkt vor Odas Nasenspitze schwebte. Nur Millimeter vor ihrem Gesicht materialisierte ein Kühlschrank. Magic wieherte vor Lachen. Erneut hob er einen Huf und klatschte Fred ab.

„Seid ihr jetzt *best friends*, oder was?" Genervt kam Oda hinter dem Kühlschrank hervor.

„Jepp." Magic nickte eifrig. Freundschaftlich legte er Fred einen Arm um die Schulter. „Das Eis scheint gebrochen."

„Dank Eiscrusher“, scherzte Fred. Und die beiden gackerten erneut los.

Oda warf Nemo einen hilfesuchenden Blick zu.

„Ruhen wir uns erst mal ein bisschen aus“, schlug der vor. Er wünschte sich eine Hollywoodschaukel und nahm mit Oda dort Platz. Fred bestellte sich einen Anglerstuhl mit Getränkehalter.

„Und für mich bitte einen Massagesessel in Pink!“, rief Magic. Seufzend legte er sich in den Sessel und ließ sich das lange Rückgrat Wirbel für Wirbel durchkneten.

Eine Zeit lang lagen sie erschöpft am Pool herum und bewunderten den schönen Regenbogen, der sich im Wasser spiegelte. Ein magisches Glitzern flimmerte in der rosafarbenen Luft.

„Zum Glück ist das Wetter diesmal zum Aushalten“, sagte Fred versöhnt. „Vielleicht war es doch nicht so schlecht, die Kiste zu öffnen.“

Zufrieden nuckelte er an einem Saftcocktail, den er sich eben bestellt hatte.

Oda lächelte gequält. Sie war sich da nicht mehr

so sicher. Dieses Einhorn schien noch anstrengender als ein Jack Russell zu sein. Sie wünschte sich zum Trost ein Eis, während Magic sich über die Nofties hermachte. Mücke nagte an einem gigantischen Knochen und Nemo wühlte in einer Tüte mit Erdnussflips.

„Sagt mal, täusche ich mich oder hat das Essen einen leichten Erdbeergeschmack?", fragte er die anderen.

„Jetzt, wo du es sagst ..." Nachdenklich kaute Magic auf einem Marshmallow herum.

„Nein, die meine ich nicht. Bei den Nofties ist das ja normal. Aber bei Erdnussflips ...?"

Doch auch Oda und Fred konnten nichts Seltsames feststellen. Freds Bananen-Kirsch-Cocktail war so süß, dass er nur Zucker schmeckte, und Oda hatte sich sowieso ein Erdbeereis gewünscht.

Magic schüttete sich die restlichen Nofties in den Mund. „Oh Mann, Digga. Die schmecken wirklich mega. Habt ihr noch mehr von den Dingern?"

„Leider nicht." Fred schüttelte bedauernd den Kopf. „Das waren die letzten. Wir sollten uns langsam mal neue wünschen."
„Logo." Magic kramte die letzte Blubb-Brause aus dem Rucksack, schnippte den Kronkorken vom Flaschenhals und nahm einen tiefen Schluck. Lautstark rülpste er ein paar Blasen Richtung Fred. „Wie viele wollt ihr?"
„Zwanzig Säckchen sollten genügen." Fred zerpikste die Blasen mit seinem Strohhalm. Enttäuscht sah er sich um.
„Komisch, funktioniert nicht."
„Dafür stinkt es schon wieder!" Argwöhnisch schielte Nemo zu Oda.
„Also *ich* war das nicht, falls du das meinst! Ich tippe eher auf Ossi."
„Apropos Ossi ..." Erschrocken sprang Nemo auf. „Wo ist er eigentlich?"

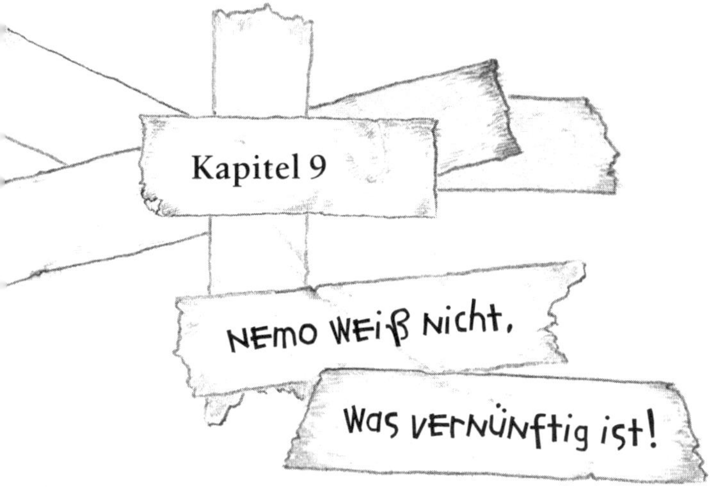

Nemo war völlig fertig.
Seit Ossi aus dem Pool gesprungen war, hatte er den kleinen Jack Russell nicht mehr gesehen. Vor lauter Herumgewünsche hatte er ganz vergessen, ihn irgendwo anzubinden. Mücke lag brav vor ihren Füßen. Aber Ossi war wie vom Erdboden verschluckt.
„Was soll ich nur Tessa sagen?“ Nervös lief Nemo am Beckenrand auf und ab. „Ihr Vater hat mich extra gebeten, Ossi nie von der Leine zu lassen.“
„Schalt mal ’nen Gang runter, Bruder!“ Magic stellte den Massagesessel auf Turbo. Sein

milchweißer Körper fing an zu wabbeln wie Vanillepudding. „W-w-wünsch ihn d-d-dir doch einfach z-z-zurück.“
„Und wenn es nicht klappt?“, jammerte Nemo. Mit hängenden Schultern blieb er vor Magic stehen. „Wenn es so ist wie bei den Nofties? Ich habe langsam den Verdacht, dass die Blasen bei manchen Wünschen nur diesen bestialischen Gestank hinterlassen.“
„Probieren wir's aus!“ Fred nuckelte geräuschvoll an seinem Strohhalm. „Mücke konntest du dir ja auch herwünschen. Außerdem: Was haben wir schon zu verlieren?“
„G-G-Genau!“ Magic hob die Blubb-Brause an seine Lippen. Dabei verschüttete er die Hälfte.
„Vorsicht!“ Nemo stürzte sich auf ihn. „Das ist unsere letzte Flasche!“
„Tsch-tsch-chill!“
Aber Nemo chillte nicht. Hektisch schaltete er den Massagesessel aus und grapschte nach der Flasche. Prüfend hielt er sie gegen das Licht.

„Glück gehabt!“, schnaubte er und ließ offen, ob er damit das Einhorn meinte oder sich selbst. „Ein kleiner Schluck ist noch drin.“ Er gab Magic die Flasche wieder. „Und jetzt hol Ossi zurück!“

„Moment!“ Oda stoppte die quietschende Hollywoodschaukel. „Wollen wir uns nicht lieber erst Blubb-Brause wünschen? Wenn wir den letzten Schluck für Ossi verwenden, haben wir keine mehr für weitere Wünsche.“

„Schlau!“ Beeindruckt sah Fred sie über den Rand seiner Sonnenbrille hin an.

„Danke!“ Oda lächelte geschmeichelt.

Nemo verspürte einen kleinen Stich im Herzen.

„Andererseits“, schränkte er ein, „wenn das auch so ein Reinfall wird wie mit den Nofties, dann ist der letzte Schluck weg und wir können Ossi gar nicht mehr holen.“

„Es gibt doch Nachschub im Supermarkt.“ Fred stellte seinen Cocktail zur Seite. „Hast du nicht gesagt, dass deine Eltern noch kistenweise Blubb-Brause im Lager haben?“

„Na gut." Nemo war einverstanden. Obwohl sie den Nachschub natürlich auch holen konnten, *nachdem* sie Ossi zurückgeholt hatten. Aber zugegeben – so rum war es eigentlich praktischer. Auf diese Weise musste keiner zurück in die Stadt latschen.
Nemo zerstach die letzte Blase, die Magic mit dem klebrigen Rest Limonade blubberte, und wünschte sich einen frischen Kasten Blubb-Brause.
SCHEPPER!
Der volle Kasten landete nur Millimeter vor seinen Zehen – genug Stoff für tausend weitere Wünsche.
Eilig öffnete Nemo eine Flasche und klemmte sie Magic zwischen die Hufe. Mit der allerersten Blase wünschte er sich Ossi zurück.
PLUMPS!
Prompt landete Tessas Jack Russell in seinen Armen. Verwirrt sah sich der kleine Hund um.
Seine Schnauze und sein Oberkörper strotzten vor Erde. Wahrscheinlich hatte er bis eben noch zur Hälfte in einem Fuchsbau gesteckt.

„Puh!“ Erleichtert atmete Nemo auf. Er drückte Ossi einen Kuss auf die Stirn.
Magic knurrte: „Ein *Danke* ist wohl zu viel verlangt?“
„Danke!“ Nemo meinte es aufrichtig. Er setzte sich wieder zu Oda und hielt Ossi gut fest.
„Was glaubt ihr?“, fragte Oda. „Warum können wir uns frische Blubb-Brause und sogar Lebewesen wie Mücke und Ossi wünschen, aber keine neuen Nofties?“
„Kapier ich auch nicht.“ Nachdenklich zupfte Nemo Ossi die Erde aus dem Fell. „Vielleicht kann man sich nichts Selbstgemachtes wünschen?“
„Na prima!“ Fred stöhnte auf. „Das heißt, wir müssen die Nofties selbst machen?“
Nemo schmunzelte. „Oder wir wünschen uns einen Angestellten.“
Oda tippte sich an die Stirn. „Ich hoffe, das ist ein Scherz? Diesmal sollten wir vernünftiger sein und nicht den gleichen Fehler machen wie bei Schleimi.“

„Wer ist denn Schleimi?“, erkundigte sich Magic.
„Das war ein Spielzeug“, erklärte Nemo. „So wie du. Als es lebendig wurde, haben wir herausgefunden, dass sein Schleim Wunder bewirkt. Also haben wir ihn in Marmeladengläser gefüllt und an die Boringer verkauft.“
„Wir haben nur ans Geldscheffeln gedacht“, gestand Fred, „und sind total habgierig geworden.“
„Das passiert uns nicht wieder“, versprach Nemo und schmunzelte, „obwohl sich mit einem Einhorn, das Wünsche erfüllt, sicher ein Haufen Kohle verdienen lässt. Oder noch besser ...“, seine Augen begannen zu leuchten, „wir könnten uns gleich Geld wünschen! Dann bräuchten wir Magic nicht mehr. Ich könnte mir ein ganzes Hunderudel kaufen und Hundeschlittenführer in Alaska werden ...“
Er stockte.
Fred sah ihn streng an und hob eine Augenbraue.
„Na? Merkste selbst?“

„Okay, erwischt ...“ Nemo senkte den Blick. „Ich denke schon wieder nur an mich.“ Er wartete ab, bis Magic ein paar neue Blasen geblubbert hatte, und wünschte sich diesmal ein Geschenk für seinen Vater.

KLONK!

Neben der Hollywoodschaukel erschien ein Sitzrasenmäher.

„Wow! Lässig!“ Magic pfiff anerkennend durch seine Zähne. „Was ist denn das?“

„Nichts *Vernünftiges* jedenfalls!“ Verärgert zog Oda ihre Augenbrauen zusammen.

Nemo sah sie verständnislos an. Er fand einen Sitzrasenmäher sogar sehr vernünftig! So musste sein Vater nicht mehr den schweren Rasenmäher schieben, sondern konnte gemütlich über das Grundstück tuckern. Aber vielleicht war Oda der Meinung, dass seinem Vater ein bisschen Bewegung guttat? Schließlich war er nicht der Schlankeste.

„Also gut.“ Nemo stand auf. Er band Ossi am

Schirmständer fest und fing eine weitere Blase ein, die Richtung Sonnenschirm schwebte.
PLENK!
Neben dem Sitzrasenmäher erschien ein Fitnessfahrrad.
„Endcool!“, jubelte Magic. „... obwohl ich auch nicht weiß, was das ist.“
„*Auch* nichts Vernünftiges!“ Oda schien sogar noch verärgerter als vorhin.
„Dann mach halt du!“ Eingeschnappt ließ Nemo sich zurück in die Hollywoodschaukel fallen. „Ich weiß anscheinend nicht, was *vernünftig* ist.“
„Na, saubere Meere“, mischte sich Fred ein. „Weltfrieden oder so was.“
Oda nickte zustimmend.
„Ach so ... na klar.“ Nemo schämte sich, dass er nicht selbst darauf gekommen war.
Er beobachtete, wie Oda eine besonders schöne, schillernde Luftblase zerstach und mit feierlicher Stimme sprach: „Ich wünsche mir Frieden und Freiheit für alle Menschen und Völker.“

PLOPP!
Nemo hatte den Eindruck, dass sogar die Luftblase ein bisschen würdevoller zerplatzte als sonst.
„Bäh!“ Magic hielt sich die Nüstern zu.
Oda schnupperte enttäuscht. „Mist. Es stinkt schon wieder nach Hundepups.“
„Probieren wir was anderes aus.“ Nemo hoffte, seinen Fehler von eben wiedergutzumachen. „Ich wünsche mir, dass kein Mensch mehr eine Brille braucht.“ Er zerpikste eine weitere Blase.
„Pfui!“ Magic legte sich einen Arm über die Schnauze.
„Und?“, fragte Nemo ohne viel Hoffnung.
Oda nahm ihre Brille ab und kniff die Augen zusammen. Angestrengt fokussierte sie das Monfort-Schild über dem Eingang des Baumhauses. „Nichts. Alles total verschwommen.“
„Lasst mich mal.“ Fred fing eine kleinere Blase ein, die direkt an seinem Stuhl vorbeischwebte. So

leise, dass ihn die anderen kaum hören konnten, flüsterte er: „Ich wünsche mir, dass meine Eltern wieder zusammenkommen."

Augenblicklich verstärkte sich der muffige Geruch. Fred wurde ein bisschen grün im Gesicht.

„Boah, Alter! Ich steig aus." Magic ließ die Flasche mit der Blubb-Brause sinken. „Mir wird schlecht." Er drehte sich zur Seite und kotzte einen schillernd schönen Regenbogen auf den Waldboden.

„Ich habe einen Verdacht", rief Oda mit erstickter Stimme. Sie versuchte, beim Reden nicht durch die Nase zu atmen. Ihr Gesicht hatte einen ungesunden senfgelben Farbton. „Vielleicht erfüllt der Zauber nur materielle Wünsche? Wenn wir also anderen etwas Gutes tun wollen, müssen wir uns Gegenstände wünschen."

„Dann war der Sitzrasenmäher doch nicht so blöd?", fragte Nemo nicht ohne Genugtuung.

„Doch!" Oda wedelte sich mit der Hand etwas Frischluft zu. „Blöd ist zum Beispiel, dass er jetzt mitten im Wald steht. Wie willst du ihn denn nach

Hause bringen? Und außerdem ist es ziemlich ungeschickt, sich nur Sachen für die eigene Familie zu wünschen. Ein bisschen auffällig, findest du nicht?"
„Aber woher sollen wir denn wissen, was andere sich wünschen?"
„Wir könnten eine Umfrage machen", schlug Magic vor.
„Nein." Oda lehnte auch diesen Vorschlag ab. „Wenn wir die Boringer nach ihren Wünschen befragen und sich plötzlich alle erfüllen, ist doch sonnenklar, wer dahintersteckt."
„Na und?", sagte Nemo, der nichts dagegen hatte, als Wohltäter bekannt zu werden. So wie Robin Hood, der Rächer der Enterbten – nur ohne Strumpfhosen. Ihm gefiel der Gedanke, eine Art Superheld für Boring zu sein.
Aber Fred hatte eine bessere Idee: „Dann erfüllen wir eben Wünsche, ohne zu fragen."
„Und wie soll das gehen?", erkundigte sich Nemo.

Fred schmunzelte. „Na, es stehen doch genug auf den Wahlplakaten."

Erst weit nach Mitternacht brachen sie auf – als sie sicher waren, dass alle Boringer schliefen. Ihren Eltern gegenüber hatten Nemo und Fred behauptet, bei Oda zu übernachten. Und Oda erzählte ihrem französischen Au-pair-Mädchen, dass sie bei Nemo schlief. Da Bernadette keinen Kontakt zu den Eltern der anderen pflegte, würde ihr ausgeklügeltes System nicht auffliegen.
In Wirklichkeit aber übernachteten sie im Baumhaus. Oder besser gesagt: Sie schliefen überhaupt nicht. Lautlos seilten sie Magic aus Monfort ab und verließen den nächtlichen Wald. Im Gänsemarsch schlichen Nemo, Oda und Fred über die Brücke in die schlafende Stadt.
Magic trabte ihnen geräuschlos hinterher. Er hatte sich extra ein paar kuschelige Boots an die Hufe gewünscht, damit sie auf dem Asphalt nicht klapperten. Nur sein sanftes Schnauben war zu

hören. Und das leise Klirren der Blubb-Brause in Nemos Rucksack.
Auf dem Marktplatz angekommen holte Nemo eine Flasche heraus. Mit einem sanften PLOPP öffnete er den Kronkorken. Magic blubberte die ersten Zauberblasen in das silbern glänzende Mondlicht.

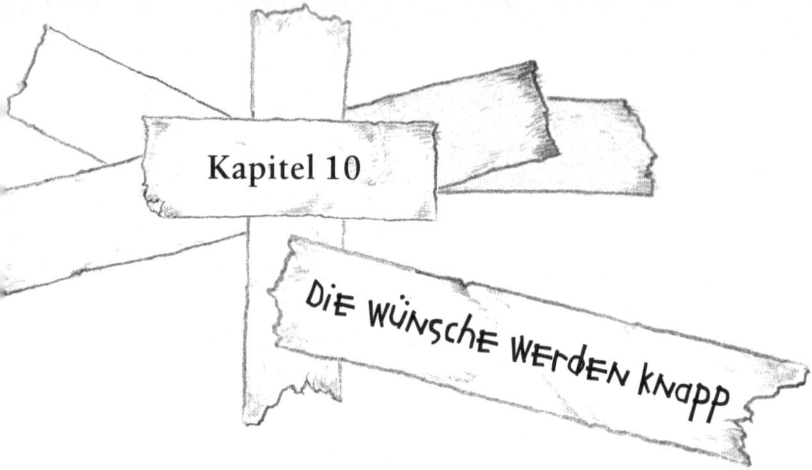

Kapitel 10

Die Wünsche werden knapp

Am Mittwochmorgen konnten die Boringer ihr Glück kaum fassen. Ihre kleine Stadt erstrahlte in neuem Glanz. Das Vordach des Supermarkts, das die Schneemassen im Juni eingedrückt hatten, war repariert. Die Schlaglöcher, die der schleimige Regen gegraben hatte, waren wieder aufgefüllt. Und die Blumenbeete, welche die unerträgliche Hitze der letzten Tage hatte verdorren lassen, erblühten in neuer Pracht. Sämtliche Schäden, die das verrückte Boringer Wetter der letzten Wochen angerichtet hatte, waren behoben, die meisten Wahlversprechen erfüllt. Und das, noch bevor die

Bürgermeisterwahl überhaupt stattgefunden hatte.
Sogar Franz Achs Traum von einem Fahrrad- und Regenschirmverleih war Wirklichkeit geworden. An jeder Ecke funkelten kostenlose Fahrräder und an den unteren Ästen der Bäume baumelten bunte Regenschirme, die man bei Bedarf pflücken konnte wie Äpfel oder Birnen.
Dabei sah es ganz und gar nicht nach Regen aus. Im Gegenteil. Die Luft war wunderbar mild, ein zarter Erdbeerduft umwehte die Boringer Nasen, Regenbögen spannten sich über die Hausdächer und ein feiner Glitzerstaub flimmerte in der Luft. Die Einwohner lobten ihren Bürgermeister in den höchsten Tönen. Sie nahmen sich spontan einen Tag frei und machten Picknick im Stadtpark. Die Kinder lachten, die Vögel zwitscherten und die Hummeln brummten. Satt und zufrieden trudelten sie zwischen Rittersporn und Rosen, Ziersalbei und Vergissmeinnicht hin und her. Überall gab es nun neue Blumenbeete – so wie

Frau Dr. Spargel es sich gewünscht hatte. Trotzdem schien die Direktorin als Einzige nicht zufrieden zu sein.

Wutentbrannt marschierte sie zum Café Kandis, wo Herr Ölmez wie jeden Morgen saß und den Boringer Boten las, vor sich einen grünen Smoothie und einen Sesamkringel mit Frischkäse und Radieschen darauf.

„All die Jahre tun Sie rein gar nichts!“, warf Frau Dr. Spargel ihm vor. „Und jetzt, kurz vor der Wahl, bei der ich Gegenkandidatin bin, werden Sie plötzlich aktiv!“

Sie sprang auf die Straße und stoppte den Postboten, der gerade vorbeiradelte. Mit quietschenden Bremsen hielt Franz Ach vor dem Café an.

„Was sagen Sie dazu?“, keifte die Direktorin in der Hoffnung, in ihm einen Verbündeten zu finden.

„Alles cool, Mann.“ Franz Ach zuckte die Schultern. Er sah die Sache entspannt. „Ich muss ja nicht unbedingt Bürgermeister werden. Wenn

Herr Ölmez meine Forderungen schon vor der Wahl umsetzt – umso besser!“
Fred kicherte. Er war stolz auf seine Idee mit den Wahlplakaten. Obwohl sie nachts lange unterwegs gewesen waren, waren sie heute extra früh aufgestanden, um nicht zu verpassen, wie die Boringer auf ihre Wundertaten reagierten.
Nemo allerdings war sauer, dass nun alle Herrn Ölmez für den Wohltäter hielten. Und *stink*sauer, dass der Bürgermeister nicht widersprach. Dabei waren *sie* doch die heimlichen Helden der Stadt!
Er hatte schon von einer Schlagzeile im Boringer Boten geträumt:

GEHEIMNISVOLLER UNBEKANNTER ERFÜLLT BORINGER WÜNSCHE

Enttäuscht kickte er einen Kronkorken zur Seite, der allein von ihrer nächtlichen Aktion zeugte. Nemo fühlte sich wie ein Superheld, der seine Identität nicht preisgeben durfte.

Sie bogen in den Stadtpark ein und steuerten den Spielplatz an, wo sie in der Nacht ebenfalls ganze Arbeit geleistet hatten.
Sie hatten den Sand ausgetauscht und ein paar neue Geräte angeschafft: ein Karussell, zwei Wippen und ein hohes Klettergerüst, das aussah wie ein Piratenschiff. An der untersten Sprosse band Nemo die Hunde fest. Sofort kamen ein paar Kinder zu ihnen herübergerannt und starrten ehrfurchtsvoll auf den riesigen Wolfshund. Mücke wiederum starrte Ossi an, der am Fuß des Klettergerüsts einen Tunnel buddelte. Die hyperaktive Art seines Freundes war dem gemütlichen Wolfshund ganz offensichtlich suspekt.
„Was wünschen wir uns als Nächstes?“, fragte Oda und kletterte nach oben. Zufrieden ließ sie ihren Blick über den Spielpatz schweifen.
„Wie bitte? Du willst noch weiterwünschen?“ Fred kletterte ihr hinterher.
„Natürlich!“ Oda war voller Eifer. „Schließlich hat

man nicht alle Tage ein magisches Einhorn. Das müssen wir ausnutzen."
„Hm ..." Nemo setzte sich neben die beiden und überlegte, was die Boringer noch gebrauchen konnten. Vom höchsten Punkt des Klettergerüstes aus hatten sie einen guten Blick über die kleine Stadt. Auf der einen Seite konnte man bis zu Odas Haus sehen. Auf der anderen Seite bis zum Kino, zur Kirche und der Eisdiele. Auf der nahen Straße röhrte ein Lieferwagen vorbei. Anscheinend war er gerade auf dem Weg ins Rathaus, denn auf der Ladefläche konnte Nemo zwei Wahlurnen erkennen. Plötzlich hatte er einen Geistesblitz: „Wie wär's mit einer Wunschbox? Wir könnten sie in der Stadt aufstellen und in ihr Wünsche einsammeln."
„Gute Idee!" Oda kletterte ein Stück nach unten und sprang vom Klettergerüst. „Los! Gehen wir zu Magic und wünschen uns eine!"
„Bloß nicht!" Fred sprang ihr hinterher, wobei er mit dem linken Bein auf dem Sandhaufen landete,

den Ossi aus dem Loch gebuddelt hatte. Er geriet in eine Schieflage und kippte in Zeitlupe um. Mitleidig sahen ihn die kleinen Kinder an.
Eilig hopste Fred zurück auf die Beine, putzte sich den Sand vom Hosenboden und zischte den anderen zu: „Erinnert euch doch: Selbstgebasteltes geht nicht in Erfüllung. Ich bin froh, dass es nicht mehr so stinkt."
„Stimmt!" Nemo sprang ebenfalls nach unten. Er atmete tief ein. Seit sie sich nichts Unmögliches mehr gewünscht hatten, lag wieder ein angenehmerer Duft in der Luft – wenn man auf Erdbeere stand.
Er band die Hunde vom Klettergerüst und zog den kleinen Jack Russell aus seinem selbst gebuddelten Loch. „Na gut, dann bauen wir uns eben eine. Immerhin können wir uns alles wünschen, was wir für eine Wunschbox brauchen: einen Hammer, ein paar Nägel, Bretter ..."
„... und Puderzucker", sagte Fred.
„Puderzucker?" Nemo und Oda stutzten.

„Na, für neue Nofties! Die müssen wir schließlich auch noch machen."

Am Mittwochabend lag das kleine Städtchen zwischen Burgberg und Boringer Weiher still da. Nur über dem Waldstück hinter dem See war ein eifriges Sägen und Hämmern zu hören. Ein süßer Duft wehte aus Monfort und vermischte sich mit dem Erdbeer-Vanille-Geruch, der seit Tagen wie eine Dunstglocke über der Stadt hing. Im Inneren des Baumhauses herrschte geschäftiges Treiben.
„Nur noch vier Tage, bis Tessa zurückkommt!", sagte Oda. „Bis dahin sollten wir so viele Wünsche wie möglich erfüllen." Eifrig bastelte sie mit Nemo an der Wunschbox, während Fred neue Zuckermasse für die Nofties anrührte.
Nur Magic tat nichts. Das faule Einhorn lümmelte in einem Sitzsack, schlürfte Limonade und schaute die Spätnachrichten, die von den sensationellen Umfragewerten des Boringer Bürgermeisters berichteten:

„… quasi über Nacht erfüllte Bürgermeister Ölmez sämtliche Wahlversprechen … nicht nur seine eigenen, sondern auch die seiner Gegner … noch drei Tage bis zur Wahl und der amtierende Bürgermeister liegt damit uneinholbar weit vorn."

„What?" Empört setzte sich Magic auf. „Keine lobende Erwähnung eines attraktiven Einhorns?"

„Zum Glück!" Nemo lachte. „Auf das Chaos, das ein magisches Einhorn verursacht, können wir gut verzichten."

Er half Oda, die fertige Wunschbox in die Kiste am Flaschenzug zu bugsieren.

„Wo bringt ihr sie hin?", erkundigte sich Magic.

„Vor die Eisdiele", antwortete Oda. „Daneben ist gleich das Kino. Dort sollten genug Menschen vorbeikommen. Spätestens morgen Abend ist sie voll. Dann kommen wir wieder und erfüllen weitere Wünsche."

„Und was soll ich solange machen?"

„Du kannst dich ja in der Zwischenzeit um die

TV
ACH
ÖLMEZ
SPARGEL
DONUT

Nofties kümmern." Fred schob die Schale mit der Zuckermasse zum Abkühlen in den Kühlschrank.

„Aye, aye, Käpt'n. Das mache ich gerne."

Magic blubberte ein paar Blasen. Dann wünschte er sich ein Videospiel und begann zu daddeln.

Am nächsten Tag fuhr Fred mit seiner Großmutter ins Gartencenter, um frische Blumen für das Grab seines Großvaters zu kaufen. Oda musste zum Augenarzt.

Einzig Nemo hatte nichts zu tun. Seine Eltern arbeiteten von früh bis spät im Supermarkt und ließen ihn allein zu Haus.

Nachdem er den halben Tag mit den Hunden gespielt und sich den anderen halben Tag (trotz Hunden) ein bisschen gelangweilt hatte (was er seinen Eltern aber nie verraten würde), schlug er als Erster vor der Eisdiele auf.

Er setzte sich auf die gegenüberliegende Parkbank und nahm die Leinen kürzer, da Ossi und Mücke sofort schwanzwedelnd an einem fremden Mann herumschnüffelten, der neben ihm Zeitung las. Nemo warf einen Blick auf die andere Straßenseite, wo ihre Wunschbox stand, mitsamt dem Schild, das sie dazu gebastelt hatten.

Kurz darauf kam Oda nach und setzte sich zwischen Nemo und den Zeitungsleser.
„Und, wie läuft's?“, fragte sie.
„Enttäuschend!“, antwortete der Mann, ohne die Zeitung herunterzunehmen. „Bis jetzt haben nur Kinder ihre Wünsche eingeworfen. Kein einziger Erwachsener nimmt unsere Box ernst. Die meisten lesen das Schild und gehen dann kopfschüttelnd weiter.“
„Fred?“ Nemo guckte ungläubig.
Fred ließ die Zeitung sinken. Er trug einen beigen Trenchcoat und hatte eine karierte Schiebermütze auf dem Kopf.
„Wozu hast du dich denn verkleidet?“, wollte Oda wissen.
„Na, ist doch sonnenklar. Damit mich niemand erkennt.“ Fred setzte seine Sonnenbrille auf und schlug den Mantelkragen hoch.
Nemo lachte. „Ich finde, du siehst eher verdächtig aus. Es fehlt nicht viel – vielleicht noch eine Pfeife und eine Lupe – und du wärst der perfekte

Detektiv auf geheimer Mission. Wenn du nicht auffallen willst, solltest du wenigstens die Zeitung richtig herum halten."
„Außerdem ist sie vom 27. Dezember." Oda deutete auf das Datum. „Hast du die aus dem Altpapier?"
„Ist doch egal", verteidigte sich Fred. „Ich brauche sie ja nicht zum Lesen."
„Sondern?"
„Zum Observieren." Fred hob die Zeitung und lugte durch ein Loch, das er in das Papier gebohrt hatte.
„*Tödliches Spielzeug*", murmelte Oda.
„Was?" Fred ließ die Zeitung erneut sinken.
„Steht hier." Oda zeigte auf eine der Schlagzeilen. Obwohl sie auf dem Kopf stand, las sie fehlerfrei vor: „*Mann stirbt durch explodiertes Akku-Ladegerät.*"
„Heiliger Bimbam!" Fred drehte die Zeitung herum und las den ganzen Artikel vor:

„Bei dem explodierten Gerät handelte es sich nach Angaben der Polizei um ein Ladegerät für Lithium-Akkus, das Platz für zwei Batterien der Größe AA *bietet, wie sie etwa in kleinen Weckern, Kinderspielzeug und Fahrradleuchten eingesetzt werden. Teile des Akkus haben sich bei der Explosion gelöst und J. Huflattich wie ein Projektil mit hoher Geschwindigkeit ins Herz getroffen."*

„Wie schrecklich", flüsterte Oda schockiert.
„Huflattich, Huflattich ...", überlegte Nemo.
„... das sagt mir irgendetwas."
„Das ist eine Heilpflanze aus der Familie der Korbblütler", erklärte Fred. „Hab ich im Survival-Kurs gelernt. Hilft gegen Reizhusten."
„Nein, das meine ich nicht", murmelte Nemo. Aber sosehr er auch nachgrübelte, er kam einfach nicht darauf, woher er den Namen kannte ...
Sie warteten noch eine Weile, bis alle Boringer in

ihren Häusern verschwunden waren, was dauerte, da der Sonnenuntergang so spektakulär ausfiel, dass viele noch lange auf der Straße stehen blieben und die untergehende Sonne bewunderten. Glutrot blinzelte sie zwischen den Häusern hindurch und verwandelte die schmale Kirchgasse in einen Lavastrom. Die Fensterscheiben begannen zu leuchten wie Blattgold und der Erdbeergeruch wurde so intensiv, dass man meinte, die Luft essen zu können.

Erst als es ganz dunkel geworden war, leerte sich die Straße allmählich. Nemo und Oda zogen einen Leiterwagen, den sie sich vorsorglich gewünscht hatten, aus dem Gebüsch. Gemeinsam luden sie die Wunschbox auf. Fred deckte seinen Trenchcoat darüber. Dann spannten sie die Hunde vor den Wagen und machten sich auf den Weg zum Baumhaus.

„Na, endlich!“, begrüßte sie Magic, ohne den Blick vom Bildschirm zu nehmen. Noch immer

lümmelte er in seinem Sitzsack und daddelte. Anscheinend hatte er sich seit dem Vorabend keinen Millimeter bewegt.
„Mir ist stinklangweilig. Spielt jemand gegen mich? Aber ich sag's euch gleich: Ihr habt keine Chance. Ich hab den ganzen Tag geübt."
„Hast du dich nicht um die Nofties gekümmert?", fragte Fred.
„Doch." Magic hievte sich aus dem Sitzsack. Nemo hatte den Eindruck, dass er noch pummeliger geworden war.
„Und wo sind sie?" Suchend sah Oda sich um.
„Da, wo sie hingehören!" Das Einhorn tätschelte sich den prallen Bauch.
„Sag bloß, du hast sie aufgegessen?" Fred sah ihn fassungslos an.
„Trinken ging nicht. Sie waren schon ausgehärtet."
„Oh Mann, die waren doch nicht für dich!"
„Nicht?"
„Nein! Die waren fürs Gala!", rief Fred. „Das Kino

wartet schon seit Tagen auf Nachschub. Wie oft soll ich denn noch welche machen?"
„So oft wie möglich", antwortete Magic in aller Unschuld. „Also, wenn's nach mir geht …"
Nemo kicherte.
Fred warf ihm einen tödlichen Blick zu.
Oda deutete auf Magics Bauch. „Glaubst du nicht, du hattest langsam genug Nofties? Die gehen dir ganz schön auf die Hüften."
„Was willst du damit sagen?" Magic zog eine Schnute. „Dass ich zu dick bin? Das ist ja wohl voll die Frechheit!" Beleidigt drehte er sich um und wollte im Bad verschwinden, blieb aber auf halbem Wege im Türrahmen stecken. „Äh … könntet ihr mal ein bisschen anschieben?", fragte er kleinlaut.
Seufzend stemmten sich Nemo und Fred gegen sein rundes Hinterteil. Mit einem lauten PLOPP! verschwand das Einhorn im Bad. Anmutig hob es einen Huf und trat die Tür ins Schloss. Kurz darauf erklang ohrenbetäubende Musik.

„Und jetzt?“ Ratlos sah Oda die beiden Jungs an. „Ohne das Einhorn können wir keine Wünsche erfüllen.“

Nemo stimmte ihr zu. Zögernd klopfte er an die Badezimmertür. „Komm wieder raus, Magic. Wir brauchen dich!“

Die Musik wurde leiser.

„Nur wenn sie sich entschuldigt!“

Oda verdrehte genervt die Augen.

„Entschuldigung ...“, leierte sie lahm.

„Das klang nicht echt!“

„Oh Mann!“ Oda stöhnte leise. „Dieses Einhorn geht mir langsam auf den Keks.“

„Lass mich mal.“ Fred schob Nemo zur Seite und versprach: „Wenn du rauskommst, mach ich dir neue Nofties.“

Schlagartig öffnete sich die Tür. Magic streckte seinen langen Kopf durch den Spalt und sagte: „Na gut, überredet. Was soll ich tun, Jungs?“

Oda entging nicht, dass sie nicht angesprochen wurde.

„Na das, was du am besten kannst“, antwortete sie trotzdem.
„Essen?“ Magic bleckte erstaunt die Zähne.
„Nein. Wünsche erfüllen.“ Fred deutete auf die Wunschbox. „Es gibt einen Haufen Arbeit für dich!“

Kapitel 12

Ein sehr dickes Rentier und ein gruseliger Gedanke

Magic machte es sich in seinem Massagesessel bequem und ließ den ersten Kronkorken von der Blubb-Brause schnalzen. Obwohl es bereits Nacht war, hatten Nemo, Oda und Fred beschlossen, sich die Sachen gleich unten am Pool zu wünschen, um sie nicht hinterher wieder umständlich auf den Waldboden transportieren zu müssen.
Im Licht flackernder Laternen machten sie sich an die Arbeit.
Während Magic literweise Limonade trank, zerpiksten Nemo und Oda fleißig Luftblasen. Fred entfaltete die Zettel und las die Wünsche vor.

Dabei sortierte er diejenigen aus, die unleserlich oder nicht materiell waren (denn natürlich hatte nicht jeder das Kleingedruckte gelesen).
„Ein Trikot, ein Paar Stutzen und Fußballschuhe“, las er vor. „Eine Carrera-Bahn, ein Füller und Tintenpatronen. Vier Tim-und-Struppi-Hefte, ein neuer Spitzer, zehn Haargummis, ein Handy, noch ein Handy und noch ein Handy.“
Fred machte eine kurze Pause, damit Nemo und Oda Zeit hatten, die Sachen in den Leiterwagen zu stapeln.
Dann fuhr er fort: „Ein Monopoly-Spiel, ein Käppi und Schlittschuhe. Ein Schlafanzug, ein Basketball, ein ferngesteuertes Auto. Eine Puppe, ein Bilderbuch und ein Eisprinzessinnen-Kostüm.“
Er holte tief Luft.
„Eine Kindergitarre, ein Lichtschwert, fünf Stickerhefte und eine Handtasche für Antonia. Marie wünscht sich ein Meerschweinchen und dann haben wir da noch drei Hamster.“
„Moment!“ Oda hielt Nemo auf, der den Blasen

wie ein Balletttänzer hinterherhopste. „Wünschen wir uns lieber Käfige dazu."
„Dufte Idee!" Fred wartete kurz und setzte zum Endspurt an: „Eine Packung Filzstifte, ein Pferde-Portemonnaie, ein Tagebuch, ein Waffeleisen, ein Puzzle und Leon, der Sohn vom Zahnarzt, wünscht sich einen Zauberkasten. So, das war's!" Er knüllte den letzten Zettel zusammen und warf ihn hinter sich. „Dann los! Auf zur Bescherung!"

Zum zweiten Mal schlichen sie in die nächtliche Stadt. Um die aufgeregten Hunde vom Kläffen abzuhalten, fütterte Nemo sie regelmäßig mit kleinen Leckerlis aus seiner Hosentasche. Magic zog den Leiterwagen, während Nemo, Oda und Fred die Geschenke vor den Türen ablegten. Im Licht eines kreisrunden Mondes, der alles versilberte, huschten sie von Haustür zu Haustür. Nemo kam sich nicht vor wie ein Superheld, eher wie der Weihnachtsmann mit einem sehr dicken Rentier.

KARRERA X2000
KARRER

KIOSK B

Als sie den Zauberkasten für Dr. Löcherls Sohn ablieferten, sah Nemo kurz rüber zum Nachbarhaus.
In den letzten Wochen war es noch stärker verwildert. Efeu überwucherte die Fenster und im Garten stand das Gras hüfthoch. Bei ihrem letzten Besuch war der Garten tief verschneit gewesen. Nemo erinnerte sich, wie sie durch den Schnee gestapft waren, auf der Suche nach Herrn …
„He!“, zischte er den anderen zu. „War Herr Huflattich nicht der Nachbar, der Leon den Yeti geschenkt hat?“
„Ja, genau!“ Oda nickte. „Sein Name stand in Herrn Siebzehnrübels Buch im Spielwarenladen.“
Auch Fred erinnerte sich auf einmal: „Leon hat ihn Opa Jojo genannt.“
„Er hat den Yeti am 20. Dezember gekauft“, sagte Nemo. „Das weiß ich noch genau, weil meine Mutter an dem Tag Geburtstag hat.“
„Oje!“ Oda seufzte. „Der Arme! Dann ist er schon kurz darauf gestorben.“

Betroffenes Schweigen machte sich zwischen ihnen breit, als plötzlich ein lautes Plätschern ertönte. Erschrocken drehten sie sich um und sahen, wie Magic mit kräftigem Strahl gegen einen Baum strullte.

„Sorry“, rief er fröhlich zu ihnen herüber. „Hab einfach zu viel Limonade getrunken.“

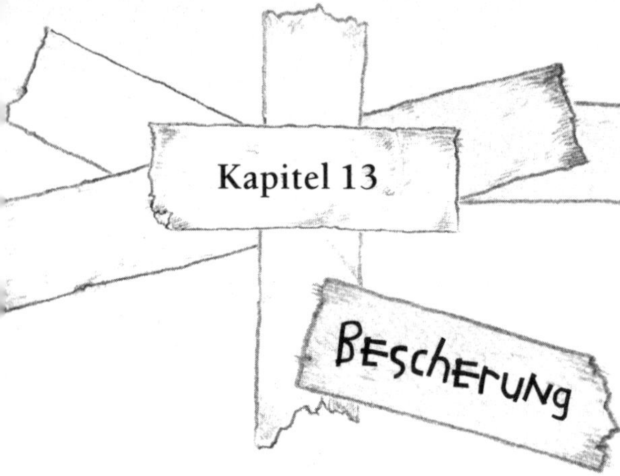

„Mama!“ Marie kreischte vor Freude, als sie am Freitagmorgen die Haustür öffnete. Vor ihren Zehenspitzen saß ein schneeweißes Meerschweinchen und mümmelte eine Karotte. Auch die Freude bei den anderen Kindern war riesengroß.

Auf Borings Fußmatten lagen Spielsachen und Süßigkeiten, Bücher, Kleider und Handys. Jonathan freute sich über ein Lichtschwert, Anna über einen Teddybären, Paula über ein Puzzle und Niklas über den Spielzeug-Staubsauger, den er sich schon so lange gewünscht hatte. Clara schlüpfte in

ihr Eisprinzessinnen-Kostüm, Mathilda umarmte ihre Puppe und Beni spielte auf seiner Gitarre.
Nachdem die Wünsche der Kinder tatsächlich in Erfüllung gegangen waren, gab es auch für die Erwachsenen kein Halten mehr. Noch in Schlafanzug und Nachthemd, Pantoffeln und Morgenmantel rannten sie zur Eisdiele und kritzelten ihre Wünsche auf alles, was sie in die Finger bekommen konnten.
Sie stopften Quittungen und Servietten, Strafzettel und sogar benutzte Taschentücher in die Öffnung, die Nemo und Oda in den Kistendeckel gesägt hatten.
Bald schon glich die Kirchgasse einer Pyjamaparty. Ganz Boring versammelte sich zwischen Kino, Kirche und Eisdiele und schwatzte und plapperte fröhlich durcheinander.
Nur Herr Kriegelstein war schlecht gelaunt. Mit verschränkten Armen und grantigem Gesichtsausdruck stand er vor der Wunschbox. Er wusste einfach nicht, was er sich wünschen sollte!

Der Besitzer der Boringer Fahrradmanufaktur war schon lange reich genug, um sich selbst jeden Wunsch von den Augen ablesen zu können. Es wurmte ihn, dass er keinen mehr übrig hatte.
„Wir wär's mit einem neuen Schlafanzug?", fragte Frau Bär mit Blick auf seinen karierten Pyjama.
„Ich hab Hunderte", brummte der Unternehmer.
„Einen Fernseher?"
„In jedem Zimmer einen."
„Ein Handy?"
„Besitze ich zwei."
„Ein Auto?"
„Drei."
„Na, dann ist Ihnen auch nicht zu helfen." Frau Bär stopfte mehrere Servietten auf einmal in den Kistenschlitz und machte sich auf den Heimweg.

Nemo, Oda und Fred bekamen von alldem nichts mit. Während sich die Wunschbox zum zweiten Mal füllte, lagen sie im Baumhaus und verschliefen den Tag.

Zum Glück hatten ihre Eltern und Bernadette nichts dagegen, dass sie viel Zeit miteinander verbrachten. Im Gegenteil! Sie waren froh, dass die Kinder ihre Ferien genossen. Einzig Freds Mutter zickte ein bisschen herum, weil sich Fred gar nicht mehr zu Hause blicken ließ.

Gegen Mittag wachte Nemo kurz auf. Magic schnarchte so laut, als wollte er den Baum umsägen, in dem Monfort hing. Doch auch als er wieder leiser wurde, hatte Nemo Schwierigkeiten einzuschlafen. Immer wieder wanderten seine Gedanken zu Herrn Huflattich. Es versetzte ihm einen Stich, wenn er daran dachte, wie der alte Mann umgekommen war. Bestimmt war er ein sehr freundlicher Mensch gewesen. Immerhin hatte er Leon ein Spielzeug geschenkt. Das Ice-Monsta mit dem Speer aus Naturholz und dem aufklappbaren Kiefer zum Zuklappen. Nemo musste schmunzeln, als er an den zotteligen Yeti dachte – das erste Monster, das jemals lebendig geworden war.

Auf einmal schoss ihm ein ungeheuerlicher Gedanke durch den Kopf: Konnte es sein, dass die Batterien, die Herr Huflattich hatte aufladen wollen, für den Yeti bestimmt gewesen waren? Nemo setzte sich kerzengerade auf und überlegte, ob er die anderen wecken sollte. Aber Oda und Fred schliefen so friedlich, dass er es nicht übers Herz brachte.
Er legte sich wieder hin und fiel in einen unruhigen Schlaf. Erst gegen Nachmittag wurde er von einem lauten Blubbern geweckt. Nemo rollte sich aus dem Bett und ging zu den anderen in die Küche.
„Good morning!“, wieherte Magic, obwohl es bereits spät am Tag war. Gut gelaunt saß das Einhorn in seinem Sitzsack und rülpste fröhlich Blasen in die Luft. Oda und Fred zerpiksten sie und stellten sich ein leckeres Frühstück zusammen. Spiegeleier und Obst, einen Korb mit Brezeln, Croissants und Brötchen. Dazu Wurst, Käse und Butter. Fred bestellte all das, was er zu

Hause nie essen durfte: Schokocreme und Sugarpops, weißes Toastbrot und Erdnussbutter. Nur auf Erdbeermarmelade verzichteten beide lieber. Der Geruch ging ihnen langsam auf den Keks.
Nemo setzte sich zu ihnen und erzählte zögernd, was ihn vorhin so lange wach gehalten hatte.
„Hm ...“ Oda dachte nach. „Wenn das zutrifft, dann hätte Herr Huflattich allen Grund dazu, sauer auf Spielzeug zu sein.“
Nemo nickte besorgt. „Und es an den *Arsch der Welt* zu schicken!“
„Nur dass Herr Huflattich tot ist“, erinnerte Fred. „Als Toter kann er ja wohl kaum Spielzeug klauen.“ Nachdenklich sah er rüber zu Magic, der mit fetten Kopfhörern auf den Ohren vorm Bildschirm saß und Zombies jagte. „Oder ...?“
Fred wurde ein wenig blass um die Nase. Konnte es sein, dass Herr Huflattich als Untoter durch Boring lief und sein Unwesen trieb? Der Gedanke war so gruselig, dass es ihn schüttelte.

„Glaube ich nicht", beruhigte ihn Nemo. „Wenn, dann will sich jemand für seinen Tod rächen."

„Aber wer?" Grübelnd tunkte Oda ihr Croissant in den Kakao. „Soweit wir wissen, hatte Herr Huflattich keine Familie."

„Das stimmt." Nachdenklich kaute Nemo an einem Stück Brezel. Er erinnerte sich noch gut daran, was Leon ihnen erzählt hatte: Herr Huflattich hatte keine Kinder und folglich auch keine Enkelkinder. Nicht umsonst hatte er sich den Nachbarsjungen als Enkelersatz ausgesucht.

Nemo kam ein anderer Gedanke: „Er hatte zwar keine Kinder ... aber vielleicht eine Frau?" Er sah die anderen bedeutungsvoll an.

Freds Unterkiefer klappte nach unten. Erschrocken wandte er sich an Oda. „Hattest du nicht gesagt, dass der Spielzeugdieb vielleicht weiblich ist?"

Oda nickte. Als Drache Drago drei Eier gelegt hatte und sich damit als Dra-*ga* entpuppt hatte, war ihr der Gedanke gekommen, dass vielleicht auch der Dieb eine Frau sein könnte. „Ob Herr

Huflattich eine Frau hatte oder nicht, lässt sich ja leicht herausfinden", meinte sie.

„Wie denn?", fragte Fred.

„Fragen wir seinen Nachbarn."

„Herrn Löcherl?"

„Genau." Oda hob ihre Schultern. „Er kann sich ja sicher erinnern, ob er eine Nachbarin hatte."

„Wie stellst du dir das vor?", fragte Nemo. „Sollen wir einfach bei ihm klingeln und fragen, ob sein toter Nachbar verheiratet war?"

„Nein." Oda schmunzelte. „Wir machen einen Termin bei ihm aus."

Fred wurde blass.

„Einen Termin?", fragte er. „Beim Zahnarzt?"

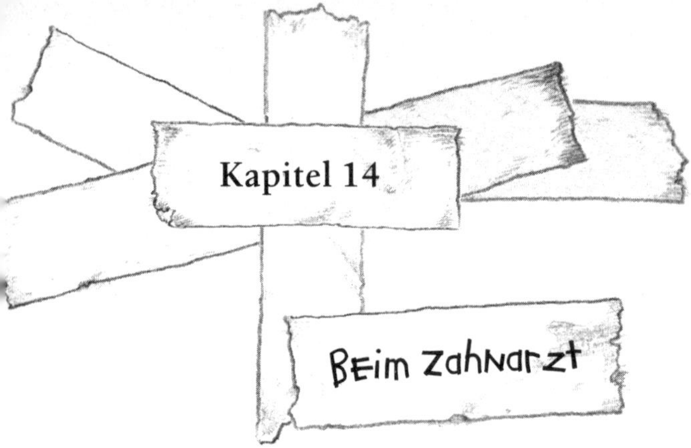

Fred war so weiß wie die Wand des Wartezimmers. Nervös zappelte er mit den Beinen. Dabei war es Nemo, der sich für sie opferte. Am Telefon hatte er behauptet, starke Zahnschmerzen zu haben. Nur so hatten sie am Freitagnachmittag noch einen Termin bekommen.

Fred hasste Zahnarztbesuche. Besonders die bei Dr. Löcherl.

Der Zahnarzt war Hobbyjäger und hatte seine gesamte Praxis mit Tiertrophäen geschmückt, die er zu Hause nicht aufhängen durfte. Fred hatte viel Verständnis für Frau Löcherls Verbot. Er konnte den Anblick der Totenschädel ebenfalls kaum ertragen. Ehrfürchtig betrachtete er den Kopf eines Widders, der neben vier Rehgeweihen im Wartezimmer hing. Zwei lange gewundene Hörner hingen dem Schafsbock wie Locken von den Schläfen.

„Der Nächste, bitte!"

Fred zuckte zusammen, als eine Zahnarzthelferin den Raum betrat und Nemo aufforderte mitzukommen. Zum Glück sagte sie nichts, als Oda und Fred ihm folgten wie Lämmchen.

Während Nemo auf dem Behandlungsstuhl Platz nahm, stellte sich Oda ans Fenster.

Fred setzte sich auf einen Stuhl in der Ecke. Ängstlich behielt er den ausgestopften Hirschkopf im Auge, der gegenüber dem Behandlungsstuhl hing. Mit glasigen Augen starrte der Hirsch zurück.

Die Zahnarzthelferin hängte Nemo ein Papierlätzchen um, als auch schon Dr. Löcherl mit federnden Schritten das Zimmer betrat.

„Der junge Pinkowski!“, begrüßte er Nemo und ließ sich schwungvoll auf einen Rollhocker plumpsen. Er nahm eine Sonde zur Hand und tauchte sie tief in Nemos weit geöffneten Mund.
„Wo genau tut’s denn weh?“
„Ling owen“, stammelte Nemo. Er hob einen Zeigefinger und deutete wahllos auf einen Zahn im oberen Kiefer. Suchend stocherte der Zahnarzt in seinem Gebiss herum. Fred verzog das Gesicht. Oda kicherte. Wenn sie den Kopf ein wenig nach links drehte, sah es so aus, als trüge Dr. Löcherl das Geweih auf dem Kopf – und nicht der Hirsch.
„Hm, da kann ich nichts finden. Vielleicht ist es der benachbarte Zahn.“ Dr. Löcherl kratzte am nächsten Backenzahn herum.
Kalter Schweiß trat auf Freds Stirn.
„Apropos Nachbar ...“, hakte Oda geschickt ein.
„Ist es nicht tragisch, wie Herr Huflattich ums Leben gekommen ist?“
„Kanntet ihr ihn?“, brummte der Zahnarzt erstaunt.

„Äh-hä." Nemo versuchte zu nicken.
„Ja", übersetzte Oda, obwohl sie Herrn Huflattich nie persönlich kennengelernt hatten. Sie spähte aus dem Erdgeschossfenster in den Garten des Zahnarztes, der sehr gepflegt aussah. Der Rasen war frisch gemäht, ein Apfelbaum halb abgeerntet, am Zaun standen mehrere Büsche, an denen noch ein paar Johannisbeeren leuchteten. Direkt dahinter begann Herrn Huflattichs Grundstück. Dort sah es ganz anders aus. Das Gras war hüfthoch in die Blüte geschossen, überall wucherte Unkraut und die Bäume trugen neben überreifen Früchten auch jede Menge morsche Äste.
„Wir haben ihn sehr gemocht", behauptete Oda und löste ihren Blick wieder vom Garten. „Ist seine Frau nach seinem Tod weggezogen?"
„Welche Frau?" Verblüfft wandte sich Dr. Löcherl zu ihr um. Dabei rutschte er ab und pikste Nemo in die Unterlippe.
„Autsch!"

Fred zuckte zusammen.
„Herr Huflattich war doch nicht verheiratet.“ Dr. Löcherl beugte sich wieder über seinen Patienten. „Besonders gut scheint ihr ihn ja nicht gekannt zu haben.“ Er griff nach seinem Ultraschallgerät. „Also, Karies kann ich keine entdecken“, beruhigte er Nemo. „Dann mach ich dir wenigstens den Zahnstein weg.“
„Schon gut.“ Nemo zog sich das Papierlätzchen vom Hals und rutschte vom Behandlungsstuhl.
Fred sprang erleichtert auf.
Eine Sekunde später waren sie aus dem Haus.

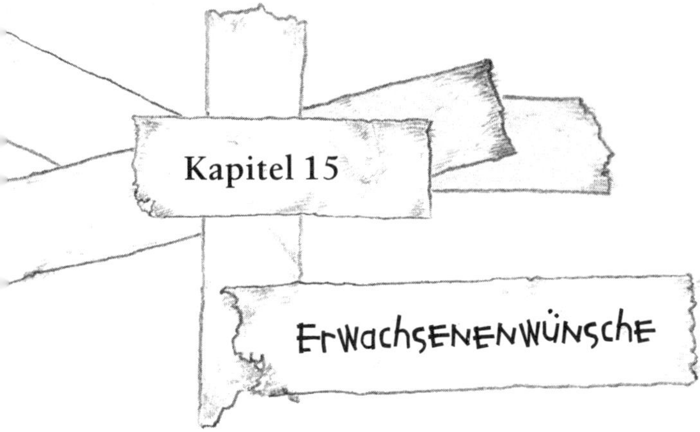

„Mist, so ein Reinfall!“ Nemo überlegte laut, wer sonst noch als Spielzeugdieb infrage kommen könnte, während Fred neue Nofties machte.
„Vielleicht hat Herr Huflattich irgendwelche anderen Verwandten?“
„Lasst uns später darüber nachdenken.“ Oda warf einen Blick auf eines der Smartphones, die Magic sich in ihrer Abwesenheit gewünscht hatte. „Es ist schon spät. Wir sollten langsam mal die Wunschbox aus der Stadt holen und weiter Wünsche erfüllen.“
Nemo murrte. Wenn es nach ihm gegangen wäre,

hätten sie die Wunscherfüllerei auch gut an den Nagel hängen können. Viel lieber hätte er sich jetzt in die Verbrecherjagd gestürzt!
Aber Oda bestand darauf, Gutes zu tun, solange sie die Möglichkeit dazu hatten: „Schließlich kommt Tessa bald wieder. Und dann ist es vorbei mit den Wünschen!"
Missmutig machte sich Nemo mit ihr auf den Weg. Das Einzige, was ihn tröstete, war, dass die Hunde sowieso mal rausmussten. Zum Zahnarzt hatten sie nicht mitgedurft, also war es höchste Zeit, dass sie sich ein bisschen bewegten. Ossi war schon ganz hibbelig und Mücke hatte einen Riesenhaufen mitten ins Baumhaus gesetzt. Nicht, dass das noch mal passierte! Und ein Spaziergang tat ihm selbst vielleicht auch ganz gut.
Aber Nemos Laune hatte sich nicht wirklich verbessert, als sie zurückkamen.
Ächzend hievte er mit Oda die schwere Kiste auf die hölzerne Plattform, die Monfort umrundete. Gemeinsam zerrten sie sie in die Küche. Das alles

artete langsam in Arbeit aus!, fand er. Und dabei durfte er sich noch nicht einmal als Held hervortun. Mit Schwung wuchteten sie die Kiste auf den Tisch.

Nemo stöhnte: „Diesmal ist sie übervoll. Scheint so, dass die Erwachsenen noch mehr Wünsche haben als die Kinder."

„Na, dann mal los!" Voller Tatendrang kippte Oda die Wunschbox um. „Machen wir uns an die Arbeit." Sie warf Magic einen auffordernden Blick zu, der schon wieder im Sitzsack saß und daddelte.

„Gleich", brummte das Einhorn, ohne aufzusehen.

Oda seufzte. Sie setzte sich an den Küchentisch und warf einen ersten Blick auf die Boringer Wünsche. „Frau Dr. Spargel möchte einen Westernsattel. Und Herr Siebzehnrübel hätte gerne eine Standuhr."

„Wartet, ich leg eine Liste an." Fred stellte zum dritten Mal eine Schale mit Zuckermasse in den

Kühlschrank und setzte sich zu ihnen an den Tisch. Nemo entfaltete den nächsten Zettel. „Frau Zizala hätte gerne ein Mountainbike und Hubsi Hubert einen Hasen."
„Einen Hasen?" Oda runzelte die Stirn.
Nemo nickte. „Und meine Mutter wünscht sich ein Autogramm von deinen Eltern."
„Warum fragt sie mich nicht einfach?"
„Vielleicht traut sie sich nicht? Immerhin sind deine Eltern berühmt."
„Fame? Echt jetzt?" Interessiert sah Magic zu ihnen herüber.
Fred nickte. „Ja, sie spielen die Hauptrollen in *Grenzenlose Liebe.*" Und Nemo erklärte: „Das ist die absolute Lieblingsserie meiner Mutter. Die beiden sind echt cool."
„Aber sie beißen nicht", versprach Oda. „Ich bring deiner Mutter das nächste Mal ein Autogramm mit." Sie wandte sich an Fred: „Deine Mutter wünscht sich übrigens einen Werkzeugkasten. Und deine Oma eine neue Nähmaschine."

„Sollen sie kriegen." Fred notierte die Wünsche in seiner Liste. Nemo schnappte Ossi ein paar Zettel vor der neugierigen Schnauze weg und diktierte die nächsten: „Herr Lieblich vom Boringer Boten hätte gerne einen neuen Computer. Und Bella Blüte eine Jahresration *Matt und glatt*." Fragend sah er die anderen an. „Was soll das denn sein?"

„Eine Anti-Falten-Creme", erklärte Oda. „Sauteuer! Benutzt meine Mutter auch, seit sie keinen Universalschleim mehr hat." Sie griff in die Kiste und entfaltete ein ganzes Knäuel von Servietten. „Frau Bär will einen Kleiderschrank, ein Sofa und ein Elektrobike. Und Frau Fasching hätte gerne ein Klavier."

„Ein Klavier?", staunte Fred. „Unsere Biolehrerin? Ich wusste gar nicht, dass sie Klavier spielen kann."

„Ich auch nicht. Vielleicht will sie es lernen."

„Ich hab hier noch ein paar Autowünsche", unterbrach Nemo. „Der Wirt vom Hotel Krone hätte gern einen Lieferwagen, Frau Moscherosch

einen Campingbus, Herr Silberrücken einen Oldtimer und Dr. Löcherl einen Sportwagen."
„Äh, Momentchen, Leute!", meldete sich Magic vom Sitzsack her. „Das sind aber ganz schön große Wünsche."
Nemo nickte. „Und die von den Kindern werden auch nicht kleiner." Er stapelte mehrere Zettel aufeinander. „Hier haben wir eine Hüpfburg, ein Fahrrad, einen Roller, ein Hoover-Board, ein Trampolin ..."
„What?" Magic bleckte die Zähne. „Wie soll ich das denn alles in die Stadt transportieren? Das sag ich euch gleich: Da reicht der Leiterwagen nicht aus."
„Stimmt." Nemo nickte. „Die Sachen sind viel zu schwer."
„Dann wünschen wir eben direkt vor Ort", schlug Oda vor.
„Zu gefährlich!" Fred schüttelte den Kopf. „Ein paar kleine Sachen vor Türen ablegen, das ist eine Sache. Aber riesige Autos herbeizaubern eine ganz

andere. Erinnert euch mal, was für einen Lärm der Sitzrasenmäher gemacht hat. Die Leute werden aufwachen und aus dem Fenster sehen."

„Kein Problem!" Nemo lehnte sich gelassen zurück und tätschelte Mücke den Kopf.

„Kein Problem?" Oda und Fred sahen ihn verständnislos an.

„Kein Problem." Nemo nickte bestätigend und dachte: Vielleicht werde ich doch noch zum Superhelden!

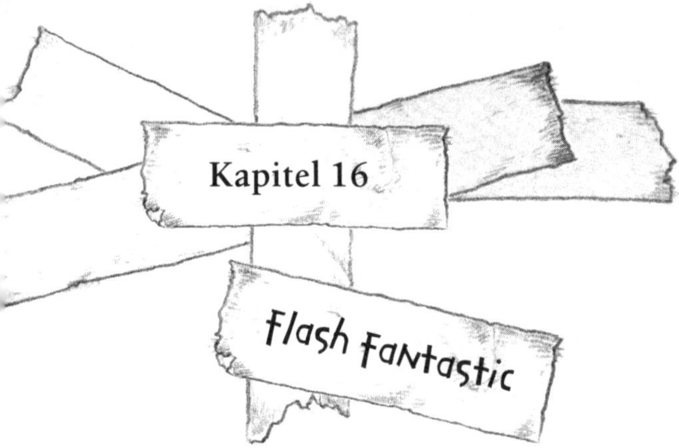

„Nennt mich ab jetzt *Flash Fantastic*!" Nemo stülpte sich eine Batman-Maske über. Er war in einen schwarzen Overall geschlüpft und hatte sich ein rotes Cape um die Schultern geworfen, auf das Freds Großmutter ein großes F und einen gelben Blitz genäht hatte.

„Das ‚F' steht aber für etwas anderes", sagte Fred. Er beugte sich über die Faschingskiste und wählte für sich selbst das Zorro-Kostüm.

„Für was?", fragte Magic naiv, der sich für eine venezianische Maske mit pinkfarbenem Federbusch entschieden hatte.

„Dreimal darfst du raten!“
„Für Frikadelle? Furzkissen? Fannkuchen?“
„Nein! Natürlich für Fred.“
„Jetzt nicht mehr“, gluckste Nemo.
„Habt ihr’s dann?“ Lachend schüttelte Oda den Kopf. Sie zwängte sich in ein Marienkäfer-Kostüm, das Freds Schwester Antonia das letzte Mal in der Grundschule getragen hatte. Dazu gehörten eine schwarze Augenmaske und ein Haarreif mit zwei roten Fühlerbommeln. „Lasst uns langsam losgehen! Wir haben einiges vor. Und ach ja …“ Sie wandte sich noch einmal zu Nemo um, bevor sie Freds Kellerabteil verließ. „Dein Hosenstall steht noch offen, *Flash Fantastic*!“

Gemeinsam schlichen sie die Kellertreppe hoch und weiter in den dritten Stock, um Freds Großmutter eine nigelnagelneue Nähmaschine … BLONK! … und seiner Mutter einen 115-teiligen Werkzeugkasten … KLONK! … vor die Wohnungstür zu wünschen.

Eilig huschten sie die Treppe wieder nach unten und verließen das Haus, bevor jemand von dem Lärm wach werden konnte.

Sie banden die Hunde los und rannten in die Innenstadt.

Es war bereits weit nach Mitternacht, als sie die Wunschbox auf dem Marktplatz abstellten. Im Schutz der Dunkelheit machten sie sich an die Bescherung.

Sie bestellten dem Tankwart ... ZADONK! ... einen Cola-Automaten, Hubsi Hubert ...
FLOPP! ... einen weißen Hasen, Frau Zizala ...
SCHEPPER! ... ein neues Mountainbike und der Bedienung vom Café Kandis ... PLOFF! ... einen gemütlichen Sessel.

Sie schenkten Frau Dr. Spargel ... BOFF! ... einen Westernsattel und wünschten Herrn Lieblich ...
KADONZ! ... den bestellten Computer.

Gerade als sie ... FLONK! ... das Klavier vor Frau Faschings Tür abgeliefert hatten, näherte sich ihnen ein schwarzer Schatten.

Nemo jubelte innerlich auf.
Endlich jemand, der sehen würde, dass nicht der Bürgermeister hinter all den Wundern von Boring steckte, sondern *Flash Fantastic* – der geheimnisvolle Unbekannte mit dem roten Cape!
Er breitete seinen Umhang etwas aus und stellte sich in Superheldenpose, während die Gestalt auf ihn zukam. Als sie den Lichtkegel einer Laterne passierte, erkannte er durch die schmalen Schlitze seiner Batman-Maske ihre Biolehrerin wieder.
„Oh, hallo Nemo! Was machst du denn so spät hier draußen?"
Schlagartig fiel Nemos Superheldenpose in sich zusammen.
Wie hatte Frau Fasching ihn so schnell erkannt?
„Äh... das Gleiche wollte ich Sie gerade fragen", ging er zum Gegenangriff über. Nervös zippelte er an seinem Umhang und sah sich nach den anderen um.
Doch Oda und Fred hatten sich anscheinend rechtzeitig aus dem Staub gemacht. Hinter einem

Zeitungskasten konnte er Mückes Zotteln und Odas Fühlerbommel erkennen. Aber wo steckte das Einhorn?
„Ich komme gerade aus der Spätvorstellung im Gala“, erklärte die Biolehrerin. „Übrigens: Eure Nofties sind aus. Ihr solltet dringend welche nachliefern! Und nach dem Kino war ich noch im Boringer Weiher. Ach, war das herrlich!“ Frau Fasching wrang sich ihre nassen Zöpfe aus und lächelte selig. „Das Wasser schimmerte metallisch blau und roch ein wenig nach Waldmeister.“ Auf einmal weiteten sich ihre Augen auf Untertassen-Größe. „Was ist denn das?“ Sie hob einen Arm und deutete hinter Nemo.
Nemo wirbelte herum.
Nicht weit von ihnen entfernt stand Magic und schubberte seinen Rücken an einem Baum. Sein pinkfarbener Federbusch wedelte wie wild hin und her.
„Äh, nichts“, antwortete Nemo mit dünner Stimme.

BORINGER
BOTE

„Nichts?" Frau Fasching hob eine Augenbraue. „Sieht aber aus wie ein ..."
„Pony!", fiel Nemo ihr schnell ins Wort. „Das ist nur ein Pony. Das hab ich mir mit der Wunschbox gewünscht."
„Ein Pony?" Frau Fasching trat etwas näher. Sie streckte eine Hand aus und streichelte Magic die Blesse. Staunend berührte sie sein goldenes Horn. „Hast du es als Einhorn verkleidet? Wie originell! Und den schicken Anzug hast du dir wohl auch dazugewünscht?" Sie schmunzelte verständnisvoll. „Jeder Junge möchte eben insgeheim gerne ein Superheld sein, nicht wahr?"
Nemo nickte gequält.
„Ich habe mir übrigens ein Klavier gewünscht", verriet Frau Fasching ungefragt. „Mal sehen, ob sich mein Wunsch ebenfalls erfüllt. Sag mal ...", verschwörerisch senkte sie ihre Stimme, „... was glaubst du, wer hinter alldem steckt? Der Bürgermeister? Oder doch jemand anderes?"
„Ich? Äh ... k-k-keine Ahnung", stotterte Nemo

und warf Magic einen warnenden Blick zu. Nicht, dass das Einhorn noch auf die Idee kam zu antworten. „Ich glaub, ich muss jetzt mal los!"
Eilig verabschiedete er sich. „Also dann, tschüss!"
Mit großen Schritten und flatterndem Umhang hopste er über die Straße.
Gelassen trabte Magic hinter ihm her. Dabei hinterließ er eine glitzernde Spur auf dem nachtdunklen Asphalt.
„Das war aber knapp", zischte Oda, als Nemo sich neben sie hockte. „Was hast du dir denn dabei gedacht?"
„Äh..." Bevor Nemo sich eine Ausrede einfallen lassen konnte, hörten sie jemanden quieken.
„Das war bestimmt Frau Fasching", sagte Fred grinsend. „Anscheinend hat sie gerade das Klavier vor ihrer Haustür entdeckt."
Dankbar über die Ablenkung stand Nemo auf. Gemeinsam machten sie sich auf den Weg, um den letzten Wunsch auf ihrer Liste zu erfüllen: einen roten Sportwagen für Dr. Löcherl.

… PAZONK-ONK-ONK! …

Der erdbeerfarbene Flitzer machte mit Abstand den größten Lärm, als er vor der Tür des Zahnarztes erschien.

Eine Sekunde später ging im Haus ein Licht an.

„Hallo?“ Im ersten Stock öffnete sich ein Fenster.

„Hallo, ist da wer?“

„Nichts wie weg hier!“, fauchte Oda. Eilig flatterte der Marienkäfer davon. Zorro und das Einhorn galoppierten ihr hinterher. Nemo wollte ihnen ebenfalls folgen, als er plötzlich wie angewurzelt stehen blieb. Am Zaun des Nachbargrundstücks fiel ihm etwas auf.

„Wer da?“ Die Haustür von Dr. Löcherl öffnete sich. Ein schwarzer Umriss erschien im hell erleuchteten Flur.

„Los! Worauf wartest du?“ Oda kam zurückgehechtet und zerrte Nemo am Umhang. „Du willst wohl unbedingt entdeckt werden?“

„Moment!“ Nemo zückte sein Handy und öffnete die Kamera.

Das Gartentürchen von Dr. Löcherl quietschte.
„Nun komm schon“, drängelte Oda.
Nemo drückte auf den Auslöser.
Ein kurzer Blitz erhellte Herrn Huflattichs Gartenzaun.
Eilig schob Nemo sein Handy zurück in die Tasche und lief mit den anderen davon.
Die Straße lag wieder vollkommen ruhig da.
Einzig Dr. Löcherls Jubelschrei gellte durch die Nacht.

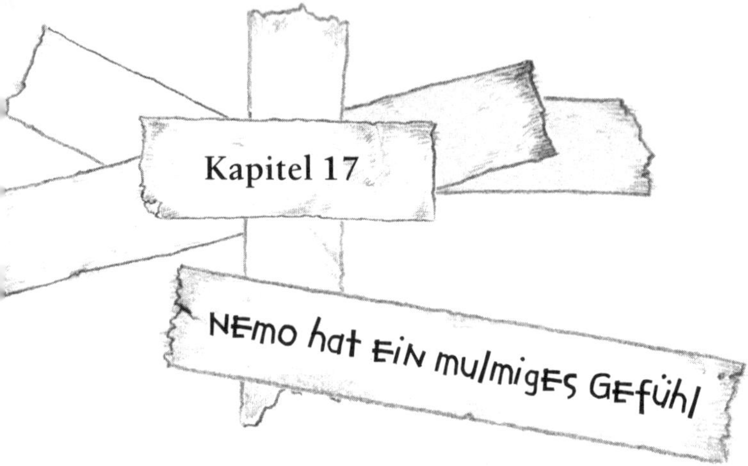

Kapitel 17

Nemo hat ein mulmiges Gefühl

Als Nemo am Samstag aufstand und in die Küche ging, um den anderen das Foto zu zeigen, das er in der Nacht gemacht hatte, brauchte er eine Weile. Mittlerweile hatte Monfort noch größere Dimensionen angenommen. Und immer wieder kam etwas Neues hinzu: hier ein Türmchen, da ein Türmchen, eine Treppe, eine Hängebrücke oder ein Balkon. Eine Rutschbahn führte nun vom dritten in den zweiten Stock und eine vom zweiten in den ersten.

Auch in der Küche sammelten sich immer mehr Gegenstände an. Nemo musste sich an einem

Flipperautomaten vorbeidrücken, um zu seinem Platz zu gelangen. Neben dem Küchentisch hing jetzt eine Leinwand, da Magic der Fernseher zu klein geworden war.
Müde hing das Einhorn in seinem Sitzsack und daddelte wie gewöhnlich. Dazu verschlang es einen Noftie nach dem anderen.
„He, halt dich zurück!" Fred nahm ihm das Säckchen ab. „Ich hab keine Lust, schon wieder welche zu machen. Du weißt genau, dass wir uns keine wünschen können."
„Wir sollten sie lieber ins Kino bringen", riet Nemo. „Bevor er sie wieder alle auffuttert."
„Wenn es nicht schon zu spät ist!" Oda sammelte die leeren Säckchen ein, die überall herumlagen. Dabei rettete sie ein paar volle und stopfte sie in Nemos Rucksack. „Was ist das überhaupt für ein Saustall?", schimpfte sie Magic. „Du solltest ein bisschen Ordnung halten! Wir können uns ja nicht wünschen, dass die Dinge wieder verschwinden."

„Chill!"
„Wie denn? Wenn du den ganzen Tag nur rumsitzt und daddelst?"
„Stimmt ja gar nicht! Manchmal gucke ich auch fern." Magic schaltete auf TV Kabeljau und trabte zum Tisch, wo er sich in eine Art Thron plumpsen ließ. Schwungvoll schüttete er sich einen Schwall Schokopops in eine Schüssel und wandte sich fordernd an Nemo: „Schieb mal die Milch rüber, Bruder!"
„Die ist noch im Kühlschrank."
„Eben."
„Echt jetzt?" Nemo stöhnte. „Ich hab mich gerade erst hingesetzt. Außerdem stehen der Billardtisch und der Tischkicker im Weg. Wünsch dir halt eine neue."
„Aber die Blubb-Brause ist auch im Kühli. Außerdem muss ich kurz abäppeln."
Magic erhob sich wieder und verschwand im Bad, während Nemo einen Stapel schmutziger Teller beiseiteschob und über den Billardtisch kletterte.

Oda hatte recht: Es wurde zwar gewünscht, was das Zeug hielt, aber nicht wieder aufgeräumt – geschweige denn abgespült! In der Küche sah es aus, als hätte eine Bombe eingeschlagen.
Nemo räumte einen Müllbeutel aus dem Weg und holte eine Flasche Blubb-Brause und eine Tüte Milch aus dem Kühlschrank. Er trank einen Schluck und prustete ihn vor Lachen gleich wieder über den Tisch, als auf der Leinwand Hubsi Hubert erschien.
Der Meteorologe hopste in einem lilafarbenen Gymnastikanzug über eine Blumenwiese und zog ein flatterndes Band hinter sich her. „Hey-ho, Leute!“, rief er gut gelaunt. „Das wunderbare Wetter hält an! Alle sind glücklich, alle sind happy. Es ist einfach herrlich! Was für eine Sportart könnte besser dazu passen als Bändertanz?“
Nemo kicherte. Der enge Overall war nicht gerade vorteilhaft für die athletische Figur des Moderators. Es sah witzig aus, wie er versuchte, ein Rad zu schlagen.

Nach dem Wetterbericht folgten die Nachrichten. Auf dem Bildschirm erschien eine schnöde Statistik.
„Geht's schon los?" Magic kam aus dem Klo galoppiert und fuhr die Lautstärke hoch. Er ließ sich in seinen Thron fallen, blubberte ein paar Blasen und wünschte sich zu seinen Schokopops ein Stück Käsekuchen und zwei Eier im Glas, die er mit etwas Glitzerstaub würzte.
Auf der Leinwand kommentierte eine wohlklingende Männerstimme das bunte Tortendiagramm:
„Kandidat Franz Ach liegt bei mickrigen 7 %. Seine Umfragewerte sind seit Tagen im Keller. Frau Dr. Spargel steigt dagegen mit 31 % leicht in der Gunst der Wähler. Viele schreiben ihr den guten Duft und die Blumen zu, die Boring seit Mittwoch schmücken. Uneinholbar weit vorne liegt der amtierende Bürgermeister mit unschlagbaren 62 %."
Das Bild schaltete zu einem Moderator ins Studio.

Neben ihm saßen alle drei Kandidaten aufgereiht. Einen Tag vor der Wahl waren sie extra zum Schlagabtausch ins Studio gekommen.
Nemo setzte sich auf. Das interessierte ihn auch.
„Herr Ölmez", fing der Moderator an. „Sie lesen den Boringern seit Tagen jeden Wunsch von den Augen ab und überhäufen sie mit fantastischen Wahlgeschenken. Die Stadt wird von Tag zu Tag beliebter. Gerade erst wurde Boring zur *Glücksstadt* gekürt. Sind Sie also der bestmögliche Bürgermeister?"
„Von wegen, Digga!" Magic schnaubte empört. „Wenn, dann bin *ich* das."
„Na klar!" Oda lachte laut auf. „Ein Einhorn als Bürgermeister?"
„Wieso nicht?" Fred nahm Magic in Schutz. „Ein Einhorn wäre doch genau das richtige Oberhaupt für eine *Glücksstadt*."
Er und Magic klatschten sich ab.
„Habt ihr keine anderen Sorgen?", rief Nemo.
„Doch", gestand Magic. „Leichte Blähungen."

„Nein! Das meine ich nicht. Mit unseren Wünschen unterstützen wir Herrn Ölmez. Und der ist so verlogen, dass er nicht mal zugibt, dass er für die Wunder nicht verantwortlich ist. Wollen wir das?“
Oda sah ihn erstaunt an. „Hättest du lieber jemand anderen als Bürgermeister?“
Nemo dachte nach. „Ich finde Franz Ach nicht schlecht.“
„Aber er hat keine Chance.“ Fred deutete auf die Leinwand, wo Herr Ölmez den Postboten gerade auslachte: „Wie bitte? Sie fordern eine autofreie Stadt? Jetzt, wo jeder ein neues Auto besitzt?“
„Gerade deswegen“, bejahte Franz Ach. „Der Verkehr ist unerträglich geworden. Ich fordere: Gebt die Straßen den Fahrradfahrern und Fußgängern zurück!“
„Sie Spielverderber!“, rief Frau Dr. Spargel. „Ich als langjährige Verkehrsbeauftragte kann das nicht gutheißen. Sie ärgern sich ja nur darüber, dass Ihre kostenlosen Fahrräder nicht genutzt werden.“

„*Meine* kostenlosen Fahrräder?", wunderte sich Franz Ach.
Herr Ölmez nickte. „Die benötigt auch keiner mehr, seit man sich schnell ein eigenes wünschen kann."
„... und es dann einfach wegschmeißt, wenn man es nicht mehr braucht?" Die kurzen Dreadlocks des Postboten wippten aufgeregt auf und ab. „Haben Sie mal gesehen, wie viele Fahrräder ungenutzt in der Gegend herumstehen? Das wäre nicht der Fall, wenn man endlich für seinen Müll bezahlen müsste!"
„Also, im Moment vermüllen vor allem *Ihre* Regenschirme die Stadt!", konterte der Bürgermeister. „Kein Mensch braucht mehr Leih-Regenschirme, wenn immer nur schönes Wetter ist."
„*Meine* Regenschirme?", fragte Franz Ach verwirrt. „Ich dachte, *Sie* hätten die aufgehängt?"
„*Ich?* Nein." Der Bürgermeister schüttelte den Kopf. „Wie kommen Sie denn darauf?"

Nemo hielt kurz die Luft an. War das der Moment, in dem der Bürgermeister endlich alles zugab? Aber bevor die beiden das ausdiskutieren konnten, kam eine Eilmeldung dazwischen:
„Entschuldigen Sie bitte, dass ich unterbreche …"
Der Moderator drückte auf seinen Knopf im Ohr. „Ich höre gerade, dass es in Boring mysteriöse Diebstähle gegeben hat. Herr Lieblich, hören Sie uns?"
„Klar und deutlich."
Auf der Leinwand erschien der Redakteur des Boringer Boten. Er stand vor einem großen Backsteingebäude und berichtete beunruhigt: „In Kriegelsteins Fahrradmanufaktur wurde eingebrochen. Fahrräder im Wert von mehreren Tausend Euro wurden entwendet. Die Polizei geht derzeit von Profis aus, denn es gibt keinerlei Spuren."
Nemo beschlich ein mulmiges Gefühl. Aber bevor er diesem nachspüren konnte, klingelte sein Handy. Eilig fischte er es aus der Hosentasche.

Dabei fiel ihm ein, dass er den anderen eigentlich das Foto hatte zeigen wollen, das er vor Herrn Huflattichs Grundstück gemacht hatte.
Doch jetzt war es zu spät.
„Ist was passiert?", fragte Fred, nachdem Nemo wieder aufgelegt hatte. „Du machst ein Gesicht wie drei Tage Regenwetter."
Nemo nickte.
„Das war meine Mutter. Ich muss ihr im Supermarkt helfen. Meinem Vater geht es nicht gut."

Kapitel 18

Buchstabensuppe und Sushi

Nemos Vater döste auf einer alten Campingliege im Lagerraum. Er hatte den Kopf auf eine Packung Windeln gebettet und die Füße mit einem Sack Katzenstreu höhergelegt. Sein Gesicht war leichenblass, auf seiner Nase saß eine Wäscheklammer.

Besorgt knuffte ihn Ossi in den weichen Bauch, während Mücke ihn liebevoll wach schlabberte.

„Wie geht's dir?", erkundigte sich Nemo.

Ächzend setzte sich Herr Pinkowski auf.

„Schon besser. Zum Glück hat das Lager keine Fenster." Erleichtert sah er Nemo an. „Dieser ekelhafte Gestank in der Stadt macht mich ganz fertig." Er griff in eine Dose Erdnüsse, die neben der Liege stand, und warf sich eine Handvoll davon in den Mund.

Nemo ließ die Hunde bei ihm und ging zu seiner Mutter in den Verkaufsraum.

„Kannst du bitte die Chips auffüllen?", bat sie und stellte ihm einen vollen Karton hin. „Und wenn du fertig bist, auch noch die Salzstangen und Pistazien."

„Alles klar." Während Nemo sich an die Arbeit machte, ging seine Mutter zurück an die Kasse, wo bereits eine lange Schlange wartete. Nemo fiel auf, dass die meisten Kunden nur herzhafte Sachen in ihren Einkaufswagen hatten. Ging es ihnen wie seinem Vater? War ihnen wegen des penetranten Erdbeergeruchs in Boring die Lust auf Süßes vergangen?

Sein Blick schweifte rüber zum Süßigkeitenregal, das nach wie vor gut gefüllt war. Auch Limonade war noch mehr als genug da – einzig das Fach mit der Blubb-Brause war nahezu leer. Gut, dass Magic sich seinen Limonadennachschub selbst wünschen konnte!

Nemo stopfte die letzte Chipstüte in das Regal und ging ins Lager, um die Salzstangen zu holen. „Sag mal, wo ist denn die ganze Blubb-Brause hin?“, erkundigte er sich bei seinem Vater.

„Keine Ahnung!“ Herr Pinkowski kraulte Mücke den Nacken, während Ossi mit einem leeren Karton herumspielte. „Jedenfalls bin ich froh, dass das Zeug langsam weg ist. Die klebrige Brühe war ja widerlich.“

„Warum ist sie dann aus?“, hakte Nemo nach. „Hast *du* sie getrunken?“ Das hielt er für durchaus wahrscheinlich. Oft genug vertilgte sein Vater die Ware, die dringend wegmusste. Womöglich war ihm sogar deswegen schlecht geworden.

Aber Herr Pinkowski schüttelte den Kopf. „Du machst wohl Scherze! Das Zeug ist mir viel zu süß. Mir ist ja schon vom Gestank in der Stadt kotzübel.“

Grübelnd schnappte sich Nemo den Karton mit den Salzstangen und ging wieder in den Verkaufsraum. Als er am Limonadenregal vorbeikam, stutzte er: Er hätte schwören können, dass eben noch fünf Flaschen Blubb-Brause da gewesen waren. Nun gab es keine einzige mehr.

„Verstehe ich auch nicht“, sagte seine Mutter, als sie den Supermarkt absperrte. „Eigentlich kauft keiner Blubb-Brause. Und trotzdem ist sie weg, sagst du?“

„Vielleicht wurde sie geklaut?“, überlegte Nemos Vater. Mit bleichem Gesicht lehnte er an der Hauswand.

„Kann ich mir nicht vorstellen. Von Diebstählen habe ich nichts bemerkt.“ Nachdenklich versenkte Frau Pinkowski den Schlüssel in ihrer Tasche. „Andererseits ... bei Kriegelstein wurden sogar Fahrräder geklaut und der hat auch nichts mitbekommen. Es scheinen Profis am Werk zu sein.“

Gemeinsam machten sie sich auf den Weg Richtung Imbissbuden. Zum Dank für seine Hilfe luden Nemos Eltern ihn zum Sushi-Essen ein. Nemo freute sich. Das konnte nur heißen: Das Geld für das Plakat war angekommen! Dafür, dass die Pinkowskis ihren Vorgarten für Werbung zur Verfügung stellten, bekamen sie nämlich 50 Euro im Monat, die sie für ein gemeinsames Abendessen ausgaben.
Eine gute Sache.
Eigentlich.
Allerdings prangte seit Wochen Werbung für Klopapier vor ihrem Haus. Ausgerechnet! Abgesehen von einer Rolle Klopapier, um die ein paar Schmetterlinge flatterten, zeigte das Bild auch einen riesigen Damenhintern. Megapeinlich!, fand Nemo. Aber jetzt war es hoffentlich ausgetauscht worden.
Als sie wenig später satt und zufrieden nach Hause schlenderten, überlegte er, was wohl in Zukunft auf den Päckchen stehen würde – falls er

weitere bekäme. Würde es dann nicht mehr an den „Arsch der Welt“ heißen? Oder wenn doch? War das dann der Beweis, dass die Päckchen gar nicht für ihn bestimmt waren? Dass der Absender oder die Absender*in* die Spielsachen einfach nur loswerden wollte?

Einer plötzlichen Eingebung folgend fragte er seine Eltern: „Sagt mal, kennt ihr einen Herrn Huflattich?“

Seine Mutter nickte. „Klar. Die Buchstabensuppe.“

„Die Buchstabensuppe?“ Nemo kapierte nicht.

„Na, Herr Huflattich kauft immer nur Buchstabensuppe“, erklärte sein Vater, dem es deutlich besser ging, seit er Berge von Wasabi und eingelegtem Ingwer vertilgt hatte. Seine Backen unter den Koteletten schimmerten rosig und obwohl es immer noch intensiv nach Erdbeere roch, schien seine Übelkeit, zumindest für den Moment, verflogen.

„Er ernährt sich quasi davon“, kicherte seine Mutter. „Ein Wunder, dass er noch lebt.“

„Tut er nicht“, sagte Nemo. „Er ist gestorben.“
„Oh.“ Seine Mutter machte ein betroffenes Gesicht. „Tut mir leid, das wusste ich nicht.“
„Aber es war ein Unfall“, fügte Nemo eilig hinzu, bevor sie noch der Buchstabensuppe die Schuld gab. „Hatte er irgendwelche Verwandten?“
„Nicht dass ich wüsste“, meinte sein Vater. „Ich hab ihn immer nur allein gesehen.“
Sie bogen in die Pfeffergasse ein. Nemo erstarrte. Schon von Weitem leuchtete ihm das neue Plakat entgegen. Es zeigte ...
... einen Herrenhintern in gestreiften Pyjamas. Darüber stand in knallroten Lettern:

LASSEN SIE SICH NIEDER ...
IN EINEM HEIM VON SAMMER-VIELHING

Der Name kam Nemo irgendwie bekannt vor. Eilig fischte er sein Handy aus der Hosentasche und öffnete das Foto, das er von Herrn Huflattichs Gartenzaun gemacht hatte.

LASSEN SI
SICH NIEDER...
IN EINEM HEIM
SAMMER-VIEL
333-571
SAMMER-
VIELHING

Bingo!
Es war der gleiche Name wie auf dem Schild, das er dort entdeckt hatte. Vielleicht steckte ein Maklerbüro dahinter? Nemos Herz begann vor Aufregung zu hüpfen. Die mussten doch wissen, wer das Haus geerbt hatte und nun verkaufen wollte!
Kaum hatte sein Vater die Haustür aufgesperrt, stürzte sich Nemo auf das Telefon und tippte die Nummer ein, die ebenfalls auf dem Schild stand. Aber leider meldete sich nur ein Anrufbeantworter: „*Willkommen beim Maklerbüro Sammer-Vielhing. Leider rufen Sie außerhalb unserer Geschäftszeiten an. Unsere Öffnungszeiten sind wie folgt: …*“
Enttäuscht legte Nemo auf. Es war Samstag und noch dazu spät am Abend. Eigentlich logisch, dass das Büro nicht besetzt war. Es blieb ihm wohl nichts anderes übrig, als bis Montag zu warten. Fieberhaft überlegte er, wie er sich am schnellsten wieder abseilen konnte, um zu den anderen ins

Baumhaus zu gelangen. Sicher wollte Oda heute noch einmal Wünsche erfüllen. Immerhin war es die letzte Nacht, bevor Tessa zurückkam.
Doch seine Eltern schienen fest davon auszugehen, dass er heute endlich mal zu Hause übernachtete. Sein Vater stellte überall Räucherstäbchen auf und servierte Obst. Seine Mutter schaltete den Fernseher ein, um sich eine neue Folge *Grenzenlose Liebe* anzusehen, die sie am Nachmittag aufgezeichnet hatte.
Nemo kuschelte sich zu ihr. Zwar vermisste er seine Freunde, doch wenn er ehrlich war, genoss er es, den Abend einmal nicht mit Magic zu verbringen. Das Einhorn war in letzter Zeit ganz schön anstrengend gewesen!
Sogar den Hunden schien die Ruhe zu gefallen. Einträchtig lagen sie unter dem Couchtisch und ließen sich von Herrn Pinkowski kraulen. Nur ab und an wehte ein Hundepups durchs Wohnzimmer. Aber selbst das störte niemanden. Hauptsache, es roch nicht nach Erdbeere.

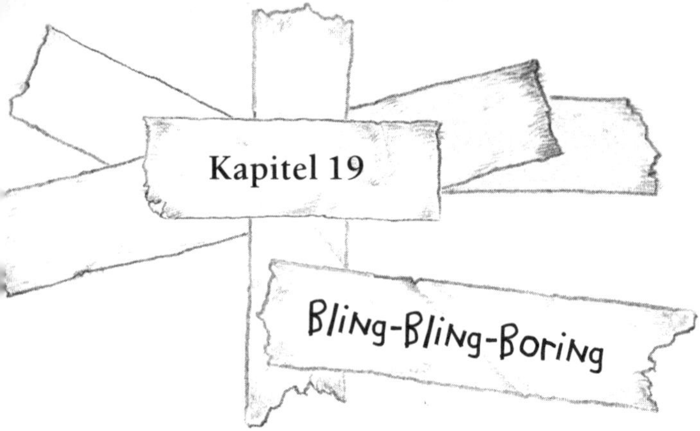

Am Sonntagmorgen wurden die Pinkowskis von einem noch penetranteren Gestank geweckt. Winselnd versenkte Mücke seine Schnauze zwischen den Sofakissen und begann erbärmlich zu würgen.

Eilig hastete Herr Pinkowski ins Bad und kam mit einer Packung Ohrenstöpsel zurück, die er sich in die Nase stopfte. Nemo band sich dazu noch ein Halstuch vor Mund und Nase. Dann erst wagten sie sich aus dem Haus.

Nemos Eltern gingen zum Rathaus, um den neuen Bürgermeister zu wählen, Nemo begleitete sie bis

zum Marktplatz. Unterwegs fielen ihnen beinahe die Augen aus dem Kopf.
Alles glitzerte und glänzte. Jedes Haus, jeder Gartenzaun, jedes Auto schien neu zu sein. Statt der kleinen Häuschen, für die Boring berühmt war, säumten nun Villen die Gassen – teilweise schon wieder verwaist, weil die Besitzer sich kurz darauf eine größere gewünscht hatten.
Viele Boringer fuhren mit neuen Fahrrädern, Rollern und E-Bikes an ihnen vorbei. Mofas, Motorräder und Luxuskarossen säumten die Straßen. Überhaupt niemand schien mehr zu Fuß zu gehen.
Nemo staunte. Oda und Fred hatten in der Nacht wirklich ganze Arbeit geleistet!
„Wieso habt *ihr* euch nichts gewünscht?“, erkundigte er sich bei seinen Eltern.
„Bei mir funktioniert es eh nicht.“ Nemos Mutter seufzte. „Ich hab mir ein Autogramm von den Mandelbrots gewünscht, aber keines bekommen.“

„Und ich hab alles, was ich brauche", sagte sein Vater zufrieden und legte seiner Frau einen Arm um die Schulter.

Nemo verabschiedete sich von ihnen und machte sich auf den Weg zum Baumhaus. Erschrocken stellte er fest, dass bereits überall Dinge herumlagen, die den Menschen langweilig geworden waren. Er beobachtete einen Mann, der ein neuwertiges Handy wegwarf, und ein Kind, das achtlos ein Skateboard liegen ließ. Die meisten trugen Pfropfen in den Nasen wie er. Auch ihnen war der süßliche Erdbeergeruch zu viel geworden. Claudios Eisdiele hatte geschlossen und das Café Kandis servierte nun Wurstsalat statt Torten und Kuchen.
Alle fünf Meter musste Nemo stehen bleiben, weil Mücke sich in ein Blumenbeet übergab. Nur Ossi schien der Gestank nichts auszumachen. Wie immer sprang er fröhlich voraus und machte Jagd auf die Sternschnuppen, die in greifbarer Nähe

vom Himmel fielen. Wohin man auch ging, am Ende jeder Straße wartete ein leuchtender Regenbogen.
Als Nemo die Brücke überquerte, sah er Kajaks und Kanus auf dem Fluss, Stand-up-Paddler und gigantische Jachten. Die Boote stauten sich zurück bis zum Boringer Weiher.
Neben dem Hallenbad gab es jetzt eine Eislaufbahn. Und neben der Eislaufbahn ein Einkaufszentrum, dessen Parkplatz allerdings gähnend leer war. Kein Wunder! Niemand kaufte dort ein. Man konnte sich ja alles wünschen.

„Wo hast du gesteckt?“ Müde hob Fred den Kopf, als Nemo das Baumhaus betrat. Er und Oda saßen am Tisch und trugen noch immer ihre Kostüme. Magic fläzte sich in seinem Sitzsack, alle vier Hufe von sich gestreckt, und machte nicht den leisesten Mucks.
Nemo erschrak.
„Was ist denn mit Magic los?“
„Ich stelle mich tot“, knurrte das Einhorn.
„Warum das denn?“
„Nein, Mann, ich versuche zu schlafen. Ist das so schwer zu erkennen?“

„Wir sind erst im Morgengrauen heimgekommen“, erklärte Oda etwas freundlicher. „Hast du gesehen, wie wir geschuftet haben?“
„War ja nicht zu übersehen“, sagte Nemo wenig begeistert. Er dachte an den verstopften Fluss und die vollen Straßen, den ekelhaften Gestank und die überquellenden Mülltonnen.
Aber er wagte es nicht, seine Freunde zu kritisieren, denn Oda klang ein bisschen stolz, als sie sagte: „Wir haben noch mal so richtig Gas gegeben. Wenn Magic heute abgeholt wird, sollten keine Wünsche offenbleiben.“
„Abgeholt?“ Magic schälte sich aus seinem Sitzsack und schlappte müde zum Kühlschrank. „Ich will aber nicht abgeholt werden“, maulte er wie ein Kleinkind, das noch länger auf einer Geburtstagsparty bleiben wollte.
„Heute kommt übrigens nicht nur Tessa, sondern auch mein Vater nach Hause“, rief Fred ihm zu. „Wir müssen die Sachen aus seiner Bude räumen, die du dir gewünscht hast. Sonst flippt er aus!“

„Easy, Alter!“ Ploppend öffnete Magic eine Flasche Blubb-Brause und rutschte zurück in den Sitzsack. Kurz darauf hielt er ein Stück Käsekuchen und ein paar Donuts in den Hufen, die er geschickt auf sein goldenes Horn fädelte. Schmatzend schaltete er den Beamer ein.
Auf der Leinwand erschien eine Sondersendung zur Bürgermeisterwahl. Live übertragen von TV Kabeljau. Überraschenderweise hatte Franz Ach zugelegt. Dafür sah es für Frau Dr. Spargel gar nicht so gut aus.
Nemo wunderte sich nicht. „Wahrscheinlich sind alle von dem penetranten Erdbeergeruch genervt.“
„Phffrrr, selbst schuld“, schnaubte Magic ohne Mitleid. „Hätte sie nicht behauptet, dass der Duft von ihr ist, würde sie jetzt keiner dafür blamen.“
„Mir hängt er auch langsam zum Hals raus“, gestand Fred. Er zerpikste ein paar Blubb-Blasen und wünschte sich ein Frühstück. Dabei verzichtete er ausnahmsweise auf Schokokringel

und Sugarpops und bestellte sich lieber einen Rollmops und ein paar Essiggurken.
In dem Moment unterbrach der Moderator das Programm schon wieder für eine Sondermeldung: „Wie Sie sich vielleicht erinnern, berichteten wir gestern von seltsamen Diebstählen. Soeben erfahren wir, dass sich diese nicht auf Boring beschränken. Auch unser Nachbarort Dickstein und andere Orte wurden von mysteriösen Entwendungen heimgesucht."
Mit gerunzelter Stirn sah Nemo auf die Leinwand. Das mulmige Gefühl vom Vortag kam wieder zurück.
„Unser Bett war plötzlich weg!", rief eine aufgelöste Frau. „Meinem Mann haben sie das Auto geklaut. Und meiner Nachbarin das Sofa."
Eine andere berichtete: „Mein Sohn kletterte gerade eine Strickleiter hoch, als sie plötzlich verschwand!" Die Kamera schwenkte zu einem Kind, das einen Kopfverband trug und leicht schielte.

Nemo musste sich setzen. Entgeistert starrte er auf die Leinwand, auf der jetzt auch der Wirt vom Hotel Krone zu sehen war. Mit wutrotem Kopf brüllte er in die Kamera: „Unser Billardtisch, der Flipperautomat und der Tischkicker wurden gestohlen!"

Nemos Blick wanderte zu dem Billardtisch, dem Flipperautomaten und dem Tischkicker in ihrer Küche. Das mulmige Gefühl verwandelte sich schlagartig in ein schlechtes Gewissen.

„Weltweit häufen sich die rätselhaften Diebstähle", fuhr der Nachrichtensprecher fort. „Zig Autos und Fernsehgeräte wurden entwendet. Eine Eislaufbahn und ein ganzes Einkaufszentrum sind wie vom Erdboden verschluckt. Die Jacht des saudischen Königs wird schmerzlich vermisst. Und von Schloss Monfort in Frankreich fehlen nicht nur das Schild, sondern auch Zugbrücken, Türmchen und Fenster."

Nemo sah rüber zu Oda und Fred. Seine Freunde wirkten nicht weniger entsetzt als er. Gemeinsam starrten sie Magic an, der weiter auf seinem Donut rumkaute. Kurz hörte er auf zu schmatzen. „Was!?!“, fragte er und hob unschuldig die Schultern.

„Sag bloß, das alles ist geklaut?“ Nemo hob die Hände und sah sich in der Küche um. „Die Möbel, das Essen, der Pool? Dein Massagesessel und die ganze Blubb-Brause?“ Mit einem Mal wurde ihm klar, warum der Käsekuchen im Café Kandis ausverkauft und das Blubb-Brause-Fach im Supermarkt so leer gewesen war.
„Relax!“ Magic schnaubte ein wenig Glitzerstaub aus den Nüstern. „*Geklaut* – das hört sich voll unsuper an! Was habt ihr denn gedacht? Die Sachen müssen ja irgendwo herkommen. Oder glaubt ihr noch an den Weihnachtsmann?“

Nemo fehlten die Worte.
Mussten sie sich wirklich von einem *Einhorn* sagen lassen, dass es den Weihnachtsmann nicht gab?
„Ich schäme mich so", jammerte Oda hinter ihm.
„Warum *du*?" Nemo drehte sich zu ihr um. Oda sah herzzerreißend aus in ihrem Marienkäfer-Kostüm mit den Fühlerbommeln, die mutlos herunterhingen. Am liebsten hätte er sie in den Arm genommen.
„Weil ich diejenige war, die euch dazu gedrängt hat, so viele Wünsche wie möglich zu erfüllen. *Ich* hab euch zu all den Diebstählen angestiftet."
„Genau, Oda ist schuld!", nahm Magic Odas Selbstvorwürfe dankbar auf.
„Ach du heiliger Bimbam!" Fred schob seinen Teller mit dem Rollmops beiseite. Der Appetit war ihm gründlich vergangen. „Was, wenn sie uns auf die Schliche kommen? Wie sollen wir jemals erklären, woher wir das alles haben?"
„So wie es aussieht, machen sie eher Herrn Ölmez

dafür verantwortlich." Nemo deutete auf die Leinwand.
Im Laufschritt eilte der Bürgermeister über den Marktplatz, offensichtlich von einem Kamerateam verfolgt. Mit der linken Hand versuchte er, die Linse zu verdecken, mit der rechten hielt er sich eine Ausgabe des *Boringer Boten* schützend vor das Gesicht.
„Leider ist der Bürgermeister zu keiner Stellungnahme bereit", kommentierte ein Sprecher. „Der Zusammenhang zwischen seinen ‚großzügigen' Wahlgeschenken und den mysteriösen Diebstählen bleibt also ungeklärt."
„Oje!" Fred wusste nicht, ob er erleichtert oder besorgt sein sollte. „Was machen wir jetzt?"
„Zuerst mal bringen wir die Nofties ins Kino." Nemo zwinkerte den anderen verschwörerisch zu.
„Jetzt?" Oda sah ihn überrascht an. „Haben wir keine anderen Sorgen?"
„Doch." Magic nickte. „Ich hab immer noch Blähungen."

Nemo schnappte sich seinen Rucksack mit den fertigen Noftie-Säckchen. „Los, kommt mit!“, rief er den anderen zu. „Und du bleibst solange hier und sicherst die Stellung!“ Er fixierte Magic mit einem strengen Blick.
„Was soll das heißen?“ Magic setzte sich verblüfft auf.
„Schlaf ein bisschen, iss einen Happen und ansonsten daddel einfach weiter.“
„Verlass dich auf mich!“ Magic war einverstanden. Das musste man ihm nicht zweimal sagen.

„Gut, dass du ihn abgewimmelt hast!“, lobte Oda, deren Begeisterung für das Einhorn nun endgültig abgekühlt war. „Wir müssen uns dringend beratschlagen. Und zwar ohne Magic!“
Kaum hatte sie zu Ende gesprochen, zog sie ihren Rolli wieder über die Nase. Für den Weg zum Kino hatte sie sich umgezogen. Auch Fred hatte das Zorro-Kostüm wieder gegen sein FC-Boring-Trikot und die Bermudas getauscht. In seine Nasenlöcher

hatte er zwei Essiggurken gesteckt, um dem ekelhaften Erdbeergeruch zu entgehen, der Boring weiterhin lahmlegte.

„Wir müssen unbedingt dafür sorgen, dass Tessa Magic sofort umarmt, wenn sie wiederkommt", fuhr Oda fort. „Ihr habt ja gehört: Er *will* gar nicht mehr abgeholt werden. Dem traue ich zu, dass er einfach abhaut."

„Dann sollten wir uns aber vorher die Sachen aus der Wohnung von meinem Vater wünschen", riet Fred mit näselnder Stimme. „Sonst müssen wir jedes Teil einzeln heraustragen."

„Es bleibt uns wohl nichts anderes übrig." Nemo sah mit dem Halstuch über der Nase aus wie ein Bandit. „Wenn wir uns die Sachen ins Baumhaus wünschen, wer weiß, ob wir dann genau *dieses* Sofa und *dieses* Himmelbett bekommen. Am Ende haben wir von allem zwei."

„Und jeder weitere Wunsch wäre Diebstahl", mahnte Oda. „Jetzt, wo wir wissen, wo die Sachen herkommen."

„Auch wieder wahr." Fred nickte geknickt.
Nemo band die Hunde vor dem Gala-Kino fest und streichelte seinem Wolfshund traurig über den Kopf.
„Dann gehört Mücke wohl auch jemandem, der ihn jetzt vermisst. Wir sollten herausfinden, wem. Und in ein paar Stunden kommt Tessa zurück und holt Ossi ab. Dann hab ich gar keinen Hund mehr."
Ossi kläffte empört und lehnte sich tröstend an Nemos Bein, als wollte er sagen: Na ja, besuchen kannst du mich ja noch!

„Nofties?", fragte die Dame an der Kinokasse, als sie ihre Säckchen abgeben wollten. In ihren Nasenlöchern steckten zwei saure Stäbchen. „Kann ich nicht länger gebrauchen." Sie deutete auf ein paar Schraubgläser und Tüten. „Die Essiggürkchen und Chips, die gehen weg wie warme Semmeln. Aber Süßes? Nein danke." Sie schüttelte bedauernd den Kopf. „Die Leute haben

jetzt mehr Lust auf Salziges. Wenn euch da etwas einfällt ..."
Enttäuscht steckten sie ihre Säckchen wieder ein und banden die Hunde los. In dem Moment piepte es. Nemo zog sein Handy aus der Tasche und las die eingegangene Nachricht.
„Tessas Eltern!" Niedergeschlagen sah er den schwanzwedelnden Jack Russell an. „Sie wollen sich um fünf mit mir im Stadtpark treffen."
„Da kann ich leider nicht mit", sagte Fred. „Um fünf muss ich mit meiner Oma auf den Friedhof. Ich hab versprochen, ihr bei der Grabpflege zu helfen. Heute ist der Todestag von meinem Opa."
„Ich begleite dich", sagte Oda zu Nemo. „Oder noch besser: Schreib, dass sie zum Baumhaus kommen sollen. Dann kann Tessa Magic sofort umarmen."
Nemo schüttelte den Kopf. „Ich glaube wir sind zu spät."
Die anderen sahen ihn verblüfft an. „Wie kommst du denn darauf?"

Nemo deutete auf die Leuchtbuchstaben über dem Kino.
„ALA – NE“, las Oda vor. „Was soll denn das heißen?“
„GALA – CINEMA“, antwortete Nemo. „Es fehlen nur ein paar Buchstaben. Sie sind gerade eben verschwunden.“

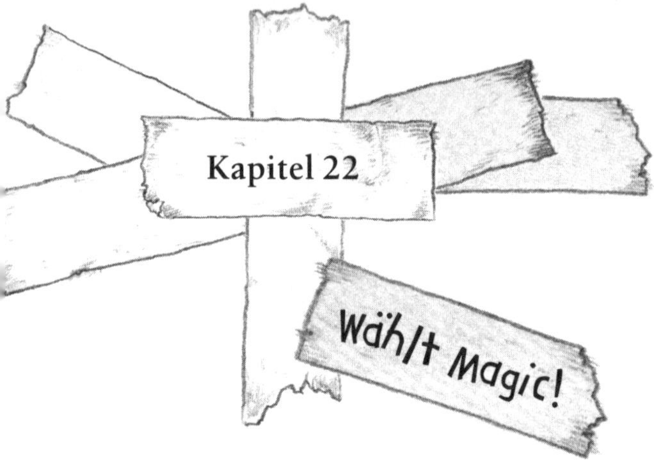

Sie mussten nicht lange nach den fehlenden Leuchtbuchstaben des Kinos suchen. Sie standen auf dem Dach des Rathauses – nur in einer anderen Anordnung: In großen Lettern prangte dort das Wort MAGIC.
Verwirrt blickte Nemo sich um. Seltsamerweise war der Marktplatz wie leer gefegt, nirgendwo auch nur eine Menschenseele zu sehen.
„Dort drüben!“ Oda zeigte in die kleine Seitengasse neben dem Spielzeugladen. Im Schatten der eng stehenden Häuser drängten sich Menschen zusammen. Sie standen mit den

Gesichtern zur Wand und schienen irgendetwas zu lesen.
Neugierig liefen die Freunde näher.
Sie banden die Hunde an einen Zeitungskasten, zwängten sich zwischen die Leute und versuchten, ebenfalls einen Blick auf die Wand zu erhaschen. Aber die Menge stand so dicht, dass es unmöglich war.
Aufgeregt plapperten die Boringer durcheinander. Ihre Stimmen klangen verschnupft.
„Wer ist das?“, näselte ein beleibter Mann mit Radiergummis in den Nasenlöchern.
„Ein – neuer – Kandidat“, antwortete eine blonde Frau, die sichtlich bemüht war, zwischen jedem Wort die Luft anzuhalten.
„Den wähl ich!“, verkündete der Dicke überzeugt. Als er sich abwandte, entstand eine Lücke, groß genug für Nemo, Oda und Fred. Eilig drängten sie sich hinein.
Überrascht starrten sie auf eine Reihe selbst gemalter Plakate:

WENN IHR
GESTANK
WOLLT,
WÄHLT
FRAU DR.
SPARGEL!

WENN IHR
VERBOTE
WOLLT,
WÄHLT
FRANZ ACH!

„Oh Mann, dieser Blödi!“ Wütend stampfte Fred mit dem Fuß auf.
„Jetzt spinnt er total!“, stöhnte Oda.
Suchend drehte Nemo sich um. Weit konnte das Einhorn ja nicht sein. Vielleicht hatte es eine Glitzerspur auf dem Asphalt hinterlassen? Aber vor lauter Menschen und ihren Füßen war es unmöglich, bis auf den Gehweg zu sehen. Und es kamen immer mehr! Interessiert versammelten sich die Boringer vor den Wahlplakaten.

WENN IHR
EINEN DIEB
WOLLT,
WÄHLT
HERRN ÖLMEZ!

WENN IHR
WUNDER
WOLLT,
WÄHLT
MAGIC!

„Wer ist dieser Magic?“, fragte ein Mann mit Spitzbart und tätowierten Armen.
„Keiner kennt ihn“, antwortete eine Dame mit Lesebrille auf der Nase. „Er will sich erst bei der Schlussveranstaltung im Hotel Krone vorstellen. Und er verspricht Freibier für alle.“
Die Menge raunte.
„Oh nein!“, jammerte ein großer Mann in Unterhemd. „Ich hab schon gewählt. Darf ich noch mal?“

WENN IHR
WENN IHR

Wenn ihr
WUNDE
WOLLT
WENN IH
CLUB

„Guckt mal da!“ Oda deutete in eine Ecke. „Er hat sogar die Wunschbox wieder aufgestellt.“
Fred schrie entsetzt auf: „Dieses Plüscheinhorn bringt mich noch um den Verstand!“
Nemo beruhigte ihn: „Die Leute werden doch kaum weiterwünschen, jetzt, wo sie aus den Nachrichten von all den Diebstählen erfahren haben.“
„Von wegen!“, höhnte Franz Ach, der plötzlich neben ihnen auftauchte. Er deutete auf die Kiste, durch deren Öffnungsschlitz man deutlich erkennen konnte, dass sie bereits wieder gut gefüllt war. „Den meisten ist doch herzlich egal, wo das Zeug herkommt. Hauptsache, *ihnen* geht es gut. Langsam glaube ich, nicht die Politiker sind korrupt, sondern die Wähler.“ Er schniefte enttäuscht. Mit hängenden Schultern verließ er die Gasse. „Das war's für mich. Ich werfe die Flinte ins Korn.“
„Wir müssen sie an uns nehmen!“, zischte Oda.
„Die Flinte?“ Nemo sah sie verdattert an.

„Nein, die Wunschbox.“
„Aber wie?“ Fred sah sich ängstlich um. „Es wimmelt von Leuten.“
„Ganz einfach.“ Odas Augen funkelten. „Wir stürzen uns auf sie und laufen davon.“
„Na gut.“ Fred holte die Hunde. „Ich zähle bis drei und ihr schnappt die Box. Eins …“
Oda brachte sich in Stellung.
„Zwei …“
Nemo spannte seine Muskeln an. In Gedanken ging er den Fluchtweg durch. Am besten, sie rannten über den Marktplatz und dann …
„Drei!“
Oda peste los. Nemo rannte ihr hinterher. Sie packten die Kiste an den Seiten und sahen sich an.
„Runter zum Fluss!“, schrie Oda.
Nemo nickte verständig.
Gerade wollten sie mit der Wunschbox verschwinden, als diese von ganz allein verschwand.

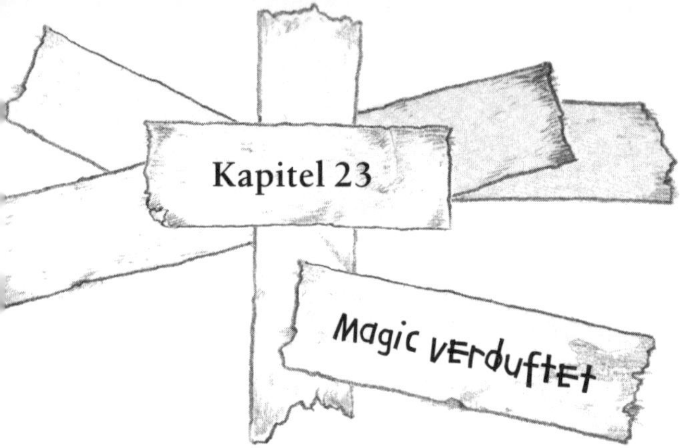

Fred rieb sich die Augen.
„Wo ist die Wunschbox hin?“
Nemo und Oda standen auf einmal mit leeren Händen da.
„Er hat sie sich bestimmt zurück ins Baumhaus gewünscht!“, rief Nemo. Geistesgegenwärtig riss er Fred die Leinen aus der Hand und rannte los.
Oda und Fred folgten ihm.
So schnell sie konnten, liefen sie aus der Stadt – über die Brücke am Schwimmbad, vorbei am neuen Einkaufszentrum, in das kleine Waldstück hinter dem Boringer Weiher.

Keuchend kamen sie beim Baumhaus an.
Flink wie die Affen kletterten sie die Strickleiter nach oben, zogen die Hunde mit dem Flaschenzug hinterher und stürmten Monfort.
Magic saß am Tisch. Vor ihm die letzten drei Flaschen Blubb-Brause und die geöffnete Wunschbox.
„Was machst du denn da?" Hastig warf Nemo die Leinen über einen Stuhl und baute sich vor ihm auf.
„Wonach sieht's denn aus?"
„Du erfüllst weitere Wünsche?"
„Bingo!"
„Aber mit jedem Wunsch verstärkt sich der Gestank in der Stadt!", warf Fred ihm vor. „Den Leuten ist kotzübel. Manche übergeben sich schon."
„So what?" Magic zuckte die Schultern. „Das kann mir nur helfen."
Oda runzelte die Stirn. „Helfen? Wobei?"
„Auf meinem Weg nach oben." Magic hob einen

Huf und deutete auf die Leinwand. Auf TV Kabeljau waren die ersten Hochrechnungen zu sehen. Wie vorhergesagt schnitt Frau Dr. Spargel, die alle für den Gestank in der Stadt verantwortlich machten, schlecht ab. Die Schuldirektorin lag nur noch bei mickrigen 8 %. Ihre Wähler waren fast alle zu Franz Ach übergelaufen, der mittlerweile auf stattliche 30 % kam. Obwohl er – wie der Nachrichtensprecher bekanntgab – darüber nachdachte, seine Kandidatur zurückzuziehen.

An erster Stelle, aber nur knapp, lag nach wie vor Herr Ölmez mit 31 % – gleichauf mit Magic.

„Du willst doch nicht etwa ernsthaft Bürgermeister werden?", empörte sich Oda. „Tessa kommt heute zurück!"

„Mir doch schnurzpiepegal." Das Einhorn zeigte sich wenig einsichtig. „Soll sie sich eben ein neues Kuscheltier kaufen. Ich bin zu Höherem berufen. Ich will Bürgermeister werden, die Stadt regieren und weiter Wünsche erfüllen."

„Nemo, sag doch auch mal was!“ Verzweifelt sah sich Oda nach ihm um. Aber Nemo war weg. Und mit ihm die drei Flaschen Blubb-Brause, die eben noch auf dem Tisch gestanden hatten. Gelassen lehnte er am Spülbecken und kippte die erste in den Abfluss.
„Halt!“ Panisch sprang Magic auf. „Was machst du denn da?“
„Wonach sieht’s denn aus?“, gab Nemo zurück.
„Du kippst ja die ganze Blubb-Brause weg!“
„Bingo!“
„Die brauche ich noch! Ich hab meinen Wählern Freibier versprochen.“ Mit wenigen Schritten war Magic bei ihm.
Nemo staunte. Das Einhorn war ganz schön schnell!
Mit den Hufen versuchte es, ihm die zwei noch gefüllten Flaschen aus dem Arm zu schlagen. Schützend drückte Nemo sie an sich.
„Attacke!“ Eilig kam Fred ihm zu Hilfe. Er klammerte sich an Magics linkes Hinterbein.

Oda zog das Einhorn am Schweif.
„Lass Nemo in Ruhe!“
„He!“ Magic wurde unangenehm. Er begann, heftig zu boxen und um sich zu treten. Oda und Fred mussten aufpassen, keinen Schlag abzubekommen.
Nemo nutzte das Durcheinander, um die zweite Flasche in den Abfluss zu kippen. Als er die dritte Flasche öffnete, hob Magic plötzlich beschwichtigend die Vorderhufe.
„Alles easy. Okay?“, lenkte er ein. „Vielleicht habt ihr ja recht … Ich sollte meine Bürgermeister-Pläne an den Nagel hängen und mit der Wünscherei aufhören. Ich werde wieder ein Stofftier und den ganzen Tag mit Tessa kuscheln.“ Er seufzte selig. „Was gibt es Schöneres, Mann? Eigentlich freue ich mich darauf!“
Misstrauisch verfolgte Nemo, wie Magic sich langsam zurückzog.
Auf einmal sprengte das Einhorn voran. Mit wenigen Galoppsprüngen war es bei Ossi und

schnappte sich dessen Leine. Unsanft schleifte es den jaulenden Jack Russell zur Tür.
„He, was machst du da …?“ Erschrocken stellte Nemo die letzte Flasche zur Seite und stürzte dem Einhorn hinterher. Als er auf die Plattform kam, sah er gerade noch, wie Magic Ossi über die Brüstung schubste.
Nemo blieb das Herz stehen.
„Bist du verrückt?“, brüllte er und beugte sich über das Geländer. „Zum Glück.“ Er atmete auf. Ossi baumelte knapp über dem Waldboden. Noch hielt Magic die Leine zwischen den Hufen.
„Upsi!“ Das Einhorn ließ los.
Ossi purzelte auf die Erde. Sofort sprang der quirlige Jack Russell zurück auf die Beine. Er schnappte sich einen Ball aus dem Pool – und sauste davon.
„Halt!“, schrien nun auch Oda und Fred, die ihnen gefolgt waren. Mücke legte seinen Zottelkopf in den Nacken und jaulte auf wie ein Wolf.

„Ossi, komm zurück!“ Oda lehnte sich weit über die Brüstung und rief in den Wald.
„Ach du heiliger Bimbam!“, jammerte Fred. „Jetzt ist er weg und wir haben keine Blubb-Brause mehr.“
„Doch! Eine ist noch da.“ Nemo drehte sich um und rannte zurück, als sich genau in diesem Moment die Tür des Baumhauses öffnete und ihm beinahe ins Gesicht schlug.
Wiehernd kam Magic herausgestürmt.
Zu spät wurde Nemo klar, dass die ganze Sache mit Ossi ein Ablenkungsmanöver gewesen war! Das fiese Einhorn hatte seine Sorge um Ossi nur ausgenutzt, um sich die letzte Flasche Blubb-Brause zu schnappen.
Mit einer Wendigkeit, die Nemo ihm gar nicht zugetraut hätte, ergriff Magic das Seil des Flaschenzugs und rutschte es in Windeseile hinab. Mit wehender Mähne und der letzten Flasche Blubb-Brause, die Ossi hätte zurückholen können, galoppierte das Einhorn aus dem Wald.

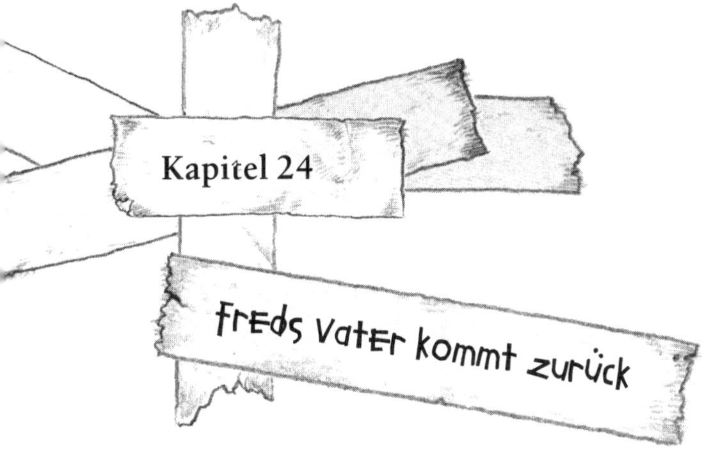

Kapitel 24

Freds Vater kommt zurück

„Wir müssen Ossi unbedingt wiederfinden!" Verzweifelt warf Nemo einen Blick auf die läutende Kirchturmuhr. „Es ist schon drei. In zwei Stunden treffe ich mich mit Tessas Eltern im Park. Ich kann dort unmöglich ohne ihren Hund aufkreuzen."

Oda legte ihm tröstend eine Hand auf die Schulter. Vergeblich waren sie durch den Wald und die Boringer Gassen gestreift. Der kleine Jack Russell war einfach unauffindbar geblieben.

„Wir brauchen mehr Blubb-Brause!", sagte sie. „Vielleicht ist im Supermarkt noch eine?"

Nemo schüttelte den Kopf. „Das Regal war total leer. Außerdem bringt uns die Blubb-Brause gar nichts – ohne Magic. Und der ist über alle Berge."
„Im Gegensatz zu meinem Vater!" Fred sah von seinem Handy auf. „Er schreibt, dass er schon im Boringer Forst ist. Lasst uns bitte endlich in seine Wohnung gehen und die Sachen herausräumen."
„Na gut." Nemo nickte. „Wir können eh grad nichts anderes tun."
Oda versuchte, Nemo zu trösten. „Und vielleicht ist Ossi sogar dorthin gelaufen. Immerhin kennt er die Wohnung von Freds Vater."
Doch leider wurden ihre Hoffnungen enttäuscht. Ossi ließ sich auch dort nicht blicken, obwohl sie Haus- und Wohnungstür weit offen stehen ließen, um die herbeigewünschten Sachen in den Hof zu tragen: Die Popcornmaschine, die Computerspiele und das Himmelbett, das sie erst in seine Einzelteile zerlegen mussten, um diese dann durch das Treppenhaus zu schleppen. Die Kissen, die Magic sich dazugewünscht hatte, warfen sie

einfach aus dem Fenster. Sie sammelten die Flaschen ein, wuschen das Geschirr ab und saugten die Käsekuchenkrümel vom Boden. Seufzend starrte Fred auf den Whirlpool und das Sofa, während Nemo und Oda versuchten, den Fernseher von der Wand zu schrauben.
„Lasst doch den Fernseher. Helft mir lieber mit der Couch."
Die beiden gingen zu ihm und packten mit an.
„Puh! Ist die schwer!" Oda ächzte. Sosehr sie sich auch anstrengten, das schwere Möbelstück hob sich nur wenige Zentimeter.
Plötzlich kullerte etwas darunter hervor.
„Eine volle Flasche Blubb-Brause!", jubelte Nemo. Augenblicklich ließ er das Sofa fallen.
„Autsch! Pass doch ein bisschen auf." Fred setzte sich und rieb sich den Fuß. Ohne auf ihn zu achten, hob Nemo die Flasche vom Boden.
„Damit können wir Ossi zurückzuholen."
„Allerdings brauchen wir dazu auch Magic", knurrte Fred. „Schon vergessen?"

„Mist! Stimmt.“ Mutlos ließ sich Nemo zu ihm auf die Polster sinken. Oda quetschte sich zwischen sie. Gleichzeitig sprangen sie alle drei wieder auf. An der Wohnungstür war ein Schlüssel zu hören!

Kurz darauf spähte ein bärtiger Mann ins Wohnzimmer.

„Papa?“, fragte Fred verunsichert.

„Richie!“ Herrn Kochs wettergegerbtes Gesicht fing an zu strahlen. Er ließ seinen Rucksack von den Schultern gleiten und lehnte seinen Wanderstock ins Eck. Erfreut schloss er seinen Sohn in die Arme. Dabei fiel sein Blick über Freds Schulter. „Wie sieht es denn hier aus?“ Irritiert sah er sich um. „Seit wann habe ich einen Fernseher? Ein Sofa? Und ... ist das ein Whirlpool?“

„Äh ... so was in der Art“, stottert Fred. Hilfesuchend sah er seine Freunde an.

„Überraschung!“, sprang Oda ihm zur Seite. „Wir dachten, Sie freuen sich darüber – nach all den Strapazen. So ein Bad tut Ihnen sicher ganz gut.“

„So? Meint ihr?“ Freds Vater rieb sich den Bart und zwinkerte den Kindern freundlich zu. Er ließ sich aufs Sofa fallen und streifte seine durchgelatschten Wanderschuhe von den müden Füßen. „Aber wo habt ihr das alles her? Hat das mit dieser komischen Wunschbox zu tun? Das ganze Land spricht darüber. Egal, wo ich hingekommen bin: Boring war mal wieder überall in den Schlagzeilen.“ Er griff zur Fernbedienung und schaltete den Fernseher ein. „Und dieser komische MAGIC, der sich als Bürgermeisterkandidat aufgestellt hat. Ist das zu glauben?“ Herr Koch deutete mit der Fernbedienung auf den Bildschirm. „Jetzt liegt er sogar vorn. Dabei kennt ihn doch niemand.“

„*Noch* nicht“, sagte Fred geknickt. „Aber er will sich der Öffentlichkeit heute Abend bei der Schlussveranstaltung im Hotel Krone vorstellen.“

„Das ist es!“ Nemos Stimme quiekte vor Aufregung. Eilig zog er die anderen in den Flur, während Freds Vater weiter die Wahlsendung

verfolgte. „Wir fangen Magic dort ab, wünschen uns Ossi zurück und verwandeln ihn wieder in ein Kuscheltier."
„Ossi?", fragte Fred verdutzt.
„Nein. Magic natürlich! Und zwar, *bevor* er sich allen zeigen kann."
„Dufte Idee!" Fred warf einen kurzen Blick auf die Küchenuhr. „Nur dass ich gleich zu meiner Oma auf den Friedhof muss."
„Okay." Nemo nickte. „Dann kommst du eben nach. Oda und ich gehen solange in den Stadtpark und holen Tessa."
Er wandte sich zum Gehen.
„Moment!" Oda hielt ihn auf. „Das also ist dein Plan? Wir treffen uns mit Tessas Eltern im Stadtpark, obwohl wir ihren Hund verloren haben, und nehmen dafür ihre Tochter mit?"
Nemo grinste schief. „Also, schöner hätte ich's nicht ausdrücken können!"

Kapitel 25

Frau Magic

Na prima!
Oda war ein bisschen genervt, als sie in den Stadtpark bog. Nemo hatte seinen „brillanten Plan“ sogar noch verfeinert. Während *er* vor dem Hotel Krone wartete, um Magic abzufangen, hatte sie die ehrenvolle Aufgabe bekommen, Tessa zu holen.
Schon von Weitem sah sie das Ehepaar, das Nemo ihr beschrieben hatte: einen Mann und eine Frau, beide mit Dutt. Einzig der Vollbart unterschied Tessas Vater von ihrer Mutter. Die beiden standen in der Nähe des neuen Klettergerüsts. Neben

ihnen ein kleines Mädchen. Das musste Tessa sein!
Oda ging zu ihnen und stellte sich vor: „Guten Tag. Ich bin Oda. Eine Freundin von Nemo.“ Sie streckte Tessas Mutter eine Hand entgegen und lächelte freundlich.
„Oda? Aha“, sagte Tessas Mutter reserviert. „Wo ist denn Nemo?“
„Und wo ist Ossi?“, schob ihr Mann hinterher. Besorgt runzelte er die Stirn.
„Keine Sorge! Ossi geht es gut.“ Erschrocken biss sich Oda auf die Zunge. Das klang nach einer Entführung! Um die Situation zu entschärfen, fing sie noch einmal von vorne an: „Nemo liebt Ossi ja so! Die beiden hatten echt großartige Tage zusammen. Ich bin oft mit ihnen Gassi gegangen. Aber jetzt wollten sie noch ein wenig Zeit für sich. Also führt Nemo Ossi nochmal um den Block.“
Sie wandte sich an Tessa und stützte ihre Hände auf die Knie. „Und Nemo hat sogar dein Einhorn gefunden!“

„Echt? Ui!" Tessa freute sich.
„Sollen wir die beiden suchen?" Oda streckte Tessa eine Hand entgegen. Fragend sah sie die Eltern des kleinen Mädchens an. „Darf sie mit?"
Die beiden zögerten kurz, schienen dann aber zu entscheiden, dass Oda vertrauenswürdig war. „Na gut." Tessas Vater warf einen Blick auf seine Armbanduhr. „Wir wollten eh noch schnell wählen gehen."
„Das trifft sich ja prima!" Oda lächelte. „Dann treffen wir uns hinterher, vor dem Hotel Krone. Sagen wir ... Viertel nach sechs?"

„Da bist du ja!", zischte Nemo, als Oda und Tessa vor dem Hotel erschienen. Er nickte Tessa kurz zu und ging dann mit ihnen hinein. Der große Saal war bereits gerammelt voll. Einfach jeder wollte dabei sein, wenn sich der mysteriöse MAGIC zu erkennen gab. TV Kabeljau baute die Kameras auf. Auf der Bühne setzten sich Herr Ölmez, Frau Dr. Spargel und Franz Ach im Halbkreis auf. Alle drei sahen leicht bedröppelt drein. Kurz vor Schließung der Wahllokale wurde immer deutlicher, wer der neue Bürgermeister werden würde. Magic lag mit großem Abstand vorn. So weit, dass ihn auch Herr Ölmez oder Franz Ach nicht mehr einholen konnten.

„Siehst du ihn?“ Oda stellte sich auf die Zehenspitzen.

Nemo schüttelte den Kopf.

„Wo ist Ossi?“, fragte Tessa misstrauisch. „Und wo ist mein Einhorn?“

„Sie müssen hier irgendwo sein.“ Suchend sah Nemo sich um. Aber die einzigen bekannten Gesichter, die er entdeckte, waren die seiner Eltern. Sie kamen auf ihn zu und seine Mutter küsste ihn ungefragt auf die Wange.

„Grüß dich, mein Schatz! Du, eben ist Papa noch etwas eingefallen. Du hast dich doch neulich nach Herrn Huflattich erkundigt?“

Nemo nickte abwesend und behielt weiter den Saal im Blick. Aus dem Augenwinkel schielte er zu

seinem Vater, der sich ein Lavendelsäckchen unter die Nase gebunden hatte.
„Er hat sich doch nicht immer nur von Buchstabensuppe ernährt“, erklärte der. „Einmal die Woche war er auch hier.“
„Hier?“, fragte Nemo.
Sein Vater nickte. „Nicht wahr, Herr Bobitsch?“ Herr Pinkowski tippte dem Wirt auf die Schulter, der gerade mit ein paar Stammgästen schwatzte. „Sie kannten doch den Alten, der jeden Sonntag hier gegessen hat?“
„Das Wiener Schnitzel?“ Der Wirt drehte sich um.
Oda sah ihn erstaunt an. „Das Wiener Schnitzel?“
Herr Bobitsch nickte und deutete zu einem Tisch in der Ecke. „Jeden Sonntag hat hier ein Alter ein Wiener Schnitzel verdrückt. Herr Kuhfladdich oder so.“
„Huflattich!“, korrigierte Nemo.
„Genau!“ Der Wirt nickte zustimmend. „Zusammen mit seiner Nichte.“

„Seiner Nichte?“ Nun schenkte Nemo ihm doch seine volle Aufmerksamkeit. Sein Herz begann, schneller zu schlagen. „Wie hieß sie?“
„Was weiß ich?“ Der Wirt zuckte die Achseln. „Man muss ja nicht seinen Pass herzeigen, um ein Wiener Schnitzel essen zu dürfen. Blond war sie. Das weiß ich noch. Aber die beiden waren schon lang nicht mehr da.“
„Weil Herr Huflattich tot ist“, erklärte Oda.
Nemo wandte sich enttäuscht ab. Das half ihnen auch nicht weiter! Blonde Frauen gab es wie Sand am Meer.
Seine Eltern setzten sich. Der Wirt ging weiter und sprach kurz mit Herrn Lieblich. Neugierig erkundigte sich der Journalist nach dem geheimnisvollen Kandidaten.
„Der ist noch nicht da!“, wimmelte ihn Herr Bobitsch ab. „Glaub ich zumindest. Weiß ja keiner, wie er ausschaut.“
Bis auf uns!, dachte Nemo und scannte weiter den Saal. Aber leider konnten weder er noch Oda auch

nur den kleinsten glitzernden Zipfel eines Einhorns entdecken.
„Ich muss Pipi!“ Nervös trat Tessa von einem Fuß auf den anderen. Oda nahm sie bei der Hand. „Komm mit. Aber schnell.“
Nemo begleitete die Mädchen in den Flur, wo sie auf der Toilette verschwanden. Während er auf sie wartete, sah er sich nach dem Einhorn um. Aber der Einzige, der auftauchte, war Fred. Seine Fingernägel strotzten vor Erde.
„Rate mal, wen ich auf dem Friedhof getroffen habe“, fragte er aufgeregt.
„Keine Ahnung! Ist das so wichtig?“ Nemo ließ seinen Blick den Flur hinunterschweifen. „Schau lieber, ob du Magic findest! Wir dürfen ihn auf keinen Fall verpassen.“
„Sie hat das Grab von Herrn Huflattich gepflegt“, ließ Fred sich nicht abwimmeln.
„Sie?“ Nemo horchte auf. „War sie blond?“
„Woher weißt du das?“ Fred sah ihn verwundert an.

„Nun sag schon!“ Nemo packte seinen Freund bei den Schultern und schüttelte ihn. „Wer war es?“
„Frau ...“ Freds Augen weiteten sich. „Magic!“
„Frau Magic?“ Nemo verzog das Gesicht. „Du veräppelst mich doch!“
„Nein.“ Fred deutete auf eine Glitzerspur am Boden. „Ich meine Frau Fasching! Aber ich glaube, d-d-da ist Magic!“

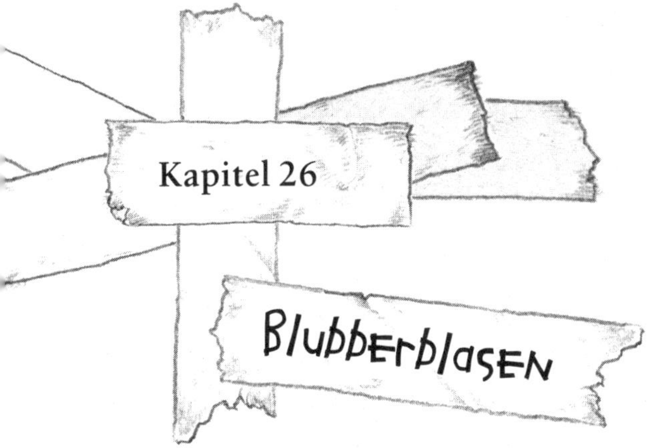

Frau Fasching?
Nemos Gedanken rasten hin und her wie ein aufgescheuchter Schwarm Bienen. War das Freds Ernst? Sollte ihre Biolehrerin wirklich die geheimnisvolle Spielzeugdiebin sein? War sie Herrn Huflattichs Nichte und wollte sich für den Tod ihres Onkels rächen?
Aber Nemo hatte jetzt keine Zeit, sich darüber den Kopf zu zerbrechen. Sie mussten Magic aufhalten! Gemeinsam mit Fred folgte er der Glitzerspur bis zum Ende des Flurs. Sie versteckten sich hinter einer Kommode und lugten vorsichtig um die

Ecke. Tatsächlich! Magic stand vor dem Bühnenaufgang und kämmte sich die Tolle. In seiner Armbeuge klemmte die letzte Flasche Blubb-Brause.

Aus dem Saal ertönte bereits rhythmisches Klatschen. Die Menge grölte: „Magic! Magic! Magic!"

„Mist, wo bleiben denn Oda und Tessa?" Nervös sah sich Nemo nach ihnen um. Fred flüsterte: „Wir müssen ihn in ein Gespräch verwickeln, bis sie kommen."

„Okay." Nemo wartete nicht ab, bis Fred sich freiwillig meldete. Furchtlos trat er aus der Deckung und rief: „Hi Magic!"

Fred folgte ihm mit wackeligen Knien.

Das Einhorn wandte sich zu ihnen um.

„Oh, hallo Nemo! Hallo Fred! Was macht ihr denn hier? Wollt ihr mir gratulieren?"

„Ja, genau." Fred lachte gekünstelt. „Alles Gute!"

„Danke!" Magic zog ein Haar aus dem Kamm und reichte es ihm. „Hier. Für dich."

„Oh. Ist das magisch?"
„Nein, aber eine schöne Erinnerung an mich."
„Ach so, na dann … danke." Fred schob das Haar in seine Hosentasche.
„Bitte." Das Einhorn lächelte gönnerhaft. „Ich hab gleich meinen großen Auftritt. Wie sehe ich aus?"
„Gut", sagte Nemo. „Nur dieser Fleck …" Er zog einen Ärmel über den Handballen und rubbelte an Magics Brust herum. „Wir wissen jetzt übrigens, wer ihn dir aufs Fell gemacht hat."
„Das weiß ich auch." Gelangweilt zuckte das Einhorn die Achseln.
„Wie bitte?" Nemo blieb die Spucke weg. „Woher? Und warum hast du es uns nie gesagt?"
„Ihr habt nie gefragt!" Magic machte ein unschuldiges Gesicht.
„Aber wie …?", fragte Fred.
„Als ich in die Kiste gepackt wurde, hing einer meiner Hufe heraus", erklärte Magic. „Der Deckel musste also noch mal geöffnet werden und dabei habe ich einen Blick erhascht."

Im Saal hörte man den Nachrichtensprecher von TV Kabeljau den neuen Bürgermeister verkünden. Das Grölen wurde noch lauter: „Magic! Magic! Magic!“

„Sorry. Ich muss jetzt.“ Magic trat vor die Bühnentür und legte einen Huf auf die Klinke. Auf Nemos Stirn brach kalter Schweiß aus. Wo blieben nur Oda und Tessa?

„Weißt du auch, *warum* Frau Fasching die Spielsachen klaut?“, versuchte er das Einhorn ein wenig aufzuhalten.

„Frau Fasching?“ Magic machte ein verdutztes Gesicht. „Die Lehrerin mit dem Klimperkasten?“

„Genau die.“ Nemo nickte.

„Die soll mich in die Kiste gesteckt haben?“

„Hat sie nicht?“, fragte Nemo.

„Nope!“ Magic schüttelte den Kopf. „Und jetzt lasst mich in Ruhe. Ich muss mich um meine Untertanen kümmern.“ Er drückte die Klinke herunter. Aus dem Saalinneren erklang ein gespanntes Raunen.

„Moment!" Panisch klammerte sich Nemo an Magics Arm. „Wer war es *dann*?"
„He! Lass mich los!" Magic schüttelte Nemo ab wie eine lästige Fliege. „Wenn du mich sprechen willst, musst du in Zukunft eine Audienz beantragen. Du weißt ja, wo du mich findest?" Er bleckte grinsend die Zähne. „Im Rathaus!"
Magic zog die Tür auf und wollte gerade im Saal verschwinden, als Oda und Tessa endlich von der Toilette kamen.
„Magic!" Ein überraschtes Leuchten erhellte Tessas Gesicht. Mit ausgebreiteten Armen stürmte sie auf ihr lebendig gewordenes Einhorn zu.
„Halt!" Fred stellte sich ihr in den Weg wie ein Ampelmännchen.
„Was? Wieso?" Oda wollte Fred beiseiteschieben. Doch das war gar nicht nötig.
Tessa bückte sich und schlüpfte unter Freds gespreizten Beinen hindurch. „Ich hab dich so vermisst!" Sie schlang ihre Ärmchen um Magics Bauch.

„Sag uns *wer*?“, schrie Nemo panisch. Aber es war zu spät. Aus Magics Maul kamen nur noch Blasen: „Bl…bl…bl.“

Aus dem Saal drang Herrn Bobitschs Stimme zu ihnen heraus: „Hier. Kommt. Unser. Neuer. Bürgermeister!“

Magic versuchte, ein paar Schritte auf die Bühne zu machen, doch seine Beine trugen ihn nicht mehr. Sie bestanden nur noch aus Blubberblasen. Sein ganzer Körper fing an zu brodeln. Gluckernd und schäumend löste er sich auf. Eine gigantische Schaumwolke waberte durch die Tür auf die Bühne. Die Menschen schrien verblüfft auf.

„Juhu!“, jubelte Oda.

„Mist!“, fluchte Nemo.

„So ein Scheibenkleister!“, rief Fred.

„Was ist denn?“ Oda drehte sich zu ihnen um.

„Erklären wir dir später“, seufzte Nemo.

Tessa heulte: „Wo ist Magic?“

„Meint ihr, man kann sich noch schnell etwas wünschen?“ Nemo sah auf den

BÜHNE

Blubberblasenhaufen, aus dem nur noch ein goldenes Horn ragte.
„Probier's aus!" Fred nahm eine Hand voll Magic-Schaum und zerquetschte auf gut Glück ein paar Blasen.
Nemo wünschte sich Ossi zurück.
Eine Sekunde später erschien der kleine Jack Russell vor ihren Füßen. Japsend und kläffend sprang er in den Blubberblasen herum und schnappte nach etwas.
Mit Tessas Plüscheinhorn im Maul kam er wieder heraus und lief schwanzwedelnd davon.
„Stopp!" Fred versuchte, ihn aufzuhalten.
Nemo und Oda prusteten los.
Denn Fred stand nur noch in Unterhosen da.

Kapitel 27

Wie gewonnen, so zerronnen

Freds Bermudas, das FC-Boring-Trikot sowie seine brandneuen Sneakers und die Wollmütze waren spurlos verschwunden. Er trug nur noch die geringelten Socken und die lilafarbenen Unterhosen, die ihm seine Mutter gekauft hatte.
Hastig zog Fred eine karierte Tischdecke von der Kommode und wickelte sie um seinen Körper wie eine römische Toga.
Schlagartig wurde Nemo klar, dass sie all die gestohlenen Sachen gar nicht zurückbringen mussten. Sie wanderten ganz von ganz allein dorthin, wo sie hergekommen waren.

Oda und Fred schienen den gleichen Gedanken zu haben. Erschrocken sahen sie ihn an.
„Das Klettergerüst“, flüsterte Oda.
„Unser Baumhaus“, sagte Fred.
„Mücke!“, rief Nemo. „Ich wollte mich doch noch von ihm verabschieden.“
Eilig rannten sie aus dem Gebäude zum Eingang des Hotels, wo Nemo den Wolfshund angebunden hatte. Dort trafen sie auf Tessas Eltern, die Ossi gerade noch eingefangen hatten, bevor er wieder abgehauen war.
Aber Mücke war weg.
Ebenso wie die Leuchtbuchstaben über dem Rathaus, die vielen Blumen und die nagelneuen Autos. Verdutzt hockte manch Boringer mitten auf der Straße mit einem unsichtbaren Lenkrad in Händen.
Fahrräder, E-Bikes und Mountainbikes verpufften so schnell, wie sie gekommen waren. Die Menschen purzelten durch die Gegend wie Wattebäuschchen. Sie trieben im Boringer Weiher

wie Fliegen in einer Suppe. Ihre Kajaks, Kanus und Jachten hatten sich ohne Vorwarnung in Luft aufgelöst.
Auf dem Spielplatz weinten Kinder, die vom nicht mehr vorhandenen Klettergerüst fielen. Und im Baum auf der Lichtung im Wald baumelten nur noch ein paar alte Bretter.
Mit Monfort verschwanden auch sämtliche Möbel, der Kühlschrank, der Billardtisch, der Tischkicker und der Flipper. Der Pool und der Massagesessel, ebenso wie der Sitzsack, der Anglerstuhl und die Hollywoodschaukel. Auch die Geschenke, die Nemo sich für seinen Vater gewünscht hatte, waren wieder weg. Alles war plötzlich zurück an Ort und Stelle. Die Wünsche der Boringer zerplatzten wie Seifenblasen.
Freds Großmutter vermisste ihre neue Nähmaschine, Freds Mutter ihren Werkzeugkasten und Antonia ihre Handtasche.
Die Kinder suchten vergeblich nach ihren Haustieren, Frau Dr. Spargel nach ihrem

Westernsattel und Herr Siebzehnrübel nach seiner hübschen Standuhr.
Herr Lieblich musste auf seinen neuen Computer verzichten, die Tankstelle auf ihren Cola-Automaten und Bella Blüte auf ihre Jahresration *Matt und glatt*.
Von einem Augenblick auf den nächsten hatten die Boringer kein Einkaufszentrum mehr, keine Eislaufbahn und Frau Fasching kein eigenes Klavier.
Aus dem Hof von Freds Vater entschwanden die Popcornmaschine und die anderen ausgemisteten Sachen. Freds Vater selbst, der gerade ein Schaumbad im Whirlpool nahm und dabei die Nachrichten verfolgte, saß auf einmal nackt mitten im Wohnzimmer und starrte die kahle Wand an.
Und Leon, der Sohn vom Zahnarzt, machte den Zaubertrick seines Lebens: Vor seinen Großeltern brachte er nicht nur seinen Zauberstab, sondern gleich den ganzen Zauberkasten auf magische Weise zum Verschwinden.

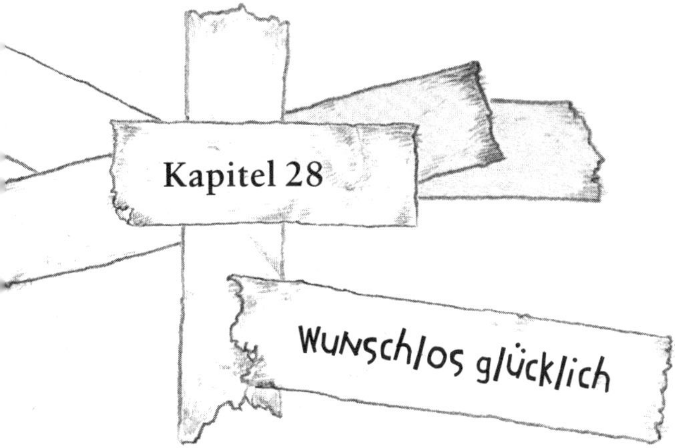

Eine Woche später holte Oda Nemo zur Schule ab. Sie wollte seiner Mutter noch etwas vorbeibringen.
„Oh, das ist aber nett!“, sagte Frau Pinkowski, die an Nemos erstem Schultag ein wenig später in den Supermarkt ging. Erfreut sah sie auf die Karte, die ein Foto von Odas Eltern zeigte. *Für die liebe Frau Pinkowski* hatten die beiden geschrieben und darunter ihr Autogramm gekritzelt.
„Es ging leider nicht früher“, entschuldigte sich Oda, während Nemo seinen Schulranzen suchte. „Meine Eltern sind gestern erst zurückgekommen. Sie waren auf Dreharbeiten in Ungarn.“

Frau Pinkowski lächelte. „Hast du da die hübsche Bluse her?“ Sie deutete auf Odas Oberteil, das Puffärmel hatte und um den Ausschnitt herum bunte Blumen.
Oda nickte. „Sie bringen mir immer etwas mit, wenn sie verreisen. Aber es wäre mir lieber, sie wären öfter zu Hause, so wie Sie. Nemo kann sich glücklich schätzen, dass er Sie immer bei sich hat.“
„Gehen wir?“ Eilig schulterte Nemo seinen Rucksack. Das Gespräch wurde ihm langsam unangenehm. Aber Oda schien sich festzuquatschen: „Meine Eltern lassen übrigens fragen, ob Sie nicht mal zum Essen kommen wollen.“
„Wir?“ Nemos Mutter wurde rot.
„Na klar! Warum nicht? Sie wollen mal sehen, mit wem ich immer so abhänge.“ Oda legte Nemo einen Arm um die Schulter. „Immerhin ist Nemo mein allerbester Freund.“
Nun wurde Nemo rot.

Zum Glück erschien in diesem Moment Fred am Gartentürchen. Wie immer tadellos gekleidet und ordentlich frisiert.
„Kommt ihr?“, rief er. „Ich will nicht gleich am ersten Tag zu spät kommen!“

„Ich hab übrigens im Maklerbüro angerufen“, berichtete Nemo auf dem Weg zur Schule. „Frau Fasching hat tatsächlich das alte Haus neben dem Zahnarzt geerbt. Und jetzt will sie es verkaufen.“
Oda gestand: „Ich bin irgendwie froh, dass sie nicht die Spielzeugdiebin ist. Andererseits hätten wir dann den Dieb endlich dingfest gemacht.“
Fred nickte besorgt. „So läuft er immer noch frei herum.“
„Und verschickt vielleicht bald wieder ein Päckchen!“ Nemo freute sich schon auf das nächste lebendige Spielzeug. Schließlich hatte er nun keine Hunde mehr! Aber ganz ehrlich: Es war doch ein kleines bisschen anstrengend gewesen, ständig auf den quirligen Jack Russell und den

riesigen Wolfshund aufzupassen. Außerdem hatten ihm Tessas Eltern versprochen, dass er Ossi jederzeit ausführen dürfe.
Plötzlich beschlich Nemo ein seltsames Gefühl. Irritiert sah er sich um. Einerseits war alles wie immer: Seit Tagen gab es keinen Gestank mehr in der Stadt und auch viel weniger Blumen, dafür Schlaglöcher auf den Straßen und der Spielplatz war so marode wie eh und je. Das Kino verkaufte wieder Nofties und Claudios Eisdiele Erdbeereis ... Andererseits war heute Morgen auch irgendetwas anders. Das spürte Nemo ganz genau. Nur was?
Als sie am Café Kandis vorbeikamen, beobachtete er ein paar Kleinkinder auf der Straße, die Fangen spielten. Drei Alte standen mitten auf der Kreuzung und unterhielten sich. Da wurde Nemo auf einmal bewusst, was sich geändert hatte: Es gab keine Autos in der Stadt! Der neue Bürgermeister hatte sein Versprechen wahr gemacht.

Herr Ölmez, der wie jeden Morgen vor seinem grünen Smoothie saß, grüßte Franz Ach, der auf seinem klapprigen Fahrrad vorüberschepperte.

„Guten Morgen, Herr Bürgermeister!"

„*How-dee-doo!*", grüßte Franz Ach zurück.

Nemo grinste zufrieden. Gut gelaunt hakte er sich bei seinen Freunden ein und ging weiter zur Schule.

Er war glücklich.

Wunschlos glücklich!

Einige Zeit später …

Der Dietrich stocherte lange im Schloss, bis es endlich aufsprang. Ein schwarzer Handschuh drückte die rote Ladentür auf. Behutsam, ohne ein Geräusch zu verursachen. Erst beim Zurückfallen machte das Türglöckchen ein leises PLING!
Der Eindringling hielt kurz inne und lauschte. Als nichts passierte, knipste er seine Taschenlampe an und ließ ihren Lichtkegel über die hohen Regale wandern. Der Strahl streifte die alte Registrierkasse, wies ihm den Weg zum Hinterzimmer und blieb dort an einer Vitrine hängen.
Rote Augen blitzten ihm entgegen.

Das Herz des Diebes schlug etwas schneller. Da waren sie!
Gut zwanzig Figuren aus Blech – aufgereiht wie die Armee eines fernen Planeten. Aufgeregt setzte der Dieb den Saugnapf an und schnitt ein faustgroßes Loch in die Scheibe. Vorsichtig schob er seine Hand hindurch und schloss die Finger um eins der elektronischen Spielzeuge. Er musste nicht lange überlegen, welches er nehmen sollte. Eines war inniger geliebt worden als alle anderen – so hatte es im Boringer Boten gestanden und das verriet auch die Tafel an der Vitrine.

Der Dieb lachte, während er den kleinen Roboter in eine metallene Kiste packte.

Gespannt fragte er sich, was wohl diesmal passieren würde? Mittlerweile hatte selbst er kapiert, dass das komische Wetter in Boring etwas mit den Spielsachen zu tun hatte, die er klaute und anschließend verschickte. Aber kein Grund, deshalb darauf zu verzichten! Dafür fühlte es sich zu gut an! Er schniefte. Eine schwarze Träne tropfte auf die blecherne Brust des Spielzeugs. Eilig schloss der Dieb den Kistendeckel und kritzelte die Adresse darauf.

AN NIEMAND!
WO DER PFEFFER WÄCHST
AM ARSCH DER WELT

Dies war der fünfte Band von „Bitte nicht öffnen“.

Zwar hat die Schule wieder angefangen, trotzdem sind Nemo und seine Freunde wunschlos glücklich!

Da kommt mit lautem Scheppern das nächste Päckchen bei ihnen an. Der Roboter in der Kiste stammt nicht von der Erde – auf jeden Fall glaubt er das. Aber welchem Kind gehört das Spielzeug vom anderen Stern?

Boring hebt ab!

Lies auch das nächste Abenteuer:

BITTE NICHT ÖFFNEN

Rostig!

Dieses Abenteuer erscheint im Sommer 2021.

Charlotte Habersack setzte sich mit sieben Jahren an die Schreibmaschine ihrer Mutter und fing an, ein Buch zu tippen. Seitdem hörte sie mit dem Schreiben nicht mehr auf. Heute verfasst sie vor allem Drehbücher und jede Menge wunderbarer Kinderbücher, zum Beispiel die verrückten Abenteuer von „Pippa Pepperkorn". Über Päckchen freut sie sich immer. Egal, was drin ist. www.charlotte-habersack.de

Fréderic Bertrand hat Illustration und Trickfilm in Bremen studiert. Heute lebt und zeichnet er in Berlin und lässt schnodderige Schneemonster, bissige Vampire und bleiche Skelette bei sich zur Untermiete wohnen.
In seinem Atelier steht schon seit Jahren ein Paket ohne Absender. „Bitte nicht öffnen!" steht darauf. Und daran hält er sich auch.
www.meanwhile-at-the-laboratory.blogspot.de/

Leseprobe

aus „Bitte nicht öffnen Rostig!“

Fred machte sich für den Weitsprung bereit.
Jetzt oder nie!, dachte Nemo. Während sein Freund sich an der Sprunggrube anstellte, beschloss er, Oda zu zeigen, was er mitgebracht hatte. „Komm mal mit!“ Er tippte ihr auf die Schulter. „Ich hab was Interessantes dabei.“
„Ein neues Päckchen?“ Oda folgte Nemo mit wippendem Pferdeschwanz zu den Bänken hinter der Aschebahn. „Nicht dein Ernst?“
„Doch.“ Nemo holte seinen Turnbeutel hervor und schleifte ihn zum Gebüsch.
„Sieht schwer aus“, bemerkte Oda.
„Ist er auch.“ Nemo kniete sich hinter einen Busch, zog den muffigen Turnbeutel auf und holte die Metallkiste heraus.
„Bitte nicht öffnen – Rostig“, las Oda vor. „Klingt nicht besonders gefährlich.“

„Finde ich auch. Trotzdem ist Fred sicher dagegen, dass wir sie öffnen. Aber wenn wir nur ganz kurz reinsehen?“ Bittend sah Nemo Oda an. Ihre Wangen waren vom 800-Meter-Lauf noch ganz rosig. „Die schwarze Kruste, die immer explodiert ist, habe ich schon abgeschabt. Es kann also gar nichts passieren.“

„Tippitoppi.“ Oda musste nicht lange überzeugt werden. Aufmunternd nickte sie Nemo zu. „Dann mach schon auf!“

Nemo grinste erfreut. Er brach einen kleinen Zweig vom Busch und schob ihn in den Spalt zwischen Kiste und Deckel. Vorsichtig hob er die Metallplatte an, legte seinen Kopf schief und linste darunter.

„Ein Roboter!“, rief Oda erstaunt.

„Der wird Fred gefallen!“ Erleichtert sah Nemo zu seinem Freund, der mit vier langen Schritten auf die Sandgrube zulief. Mit rudernden Armen sprang Fred ab.

Wie in Zeitlupe stieg er in die Luft, höher und immer höher, bis er sich schließlich vom höchsten Punkt aus auf dem Sportplatz umguckte. Kurz sah er sogar zu ihnen herüber, bevor er den Sinkflug antrat und mit beiden Füßen wieder im Sand landete.

Frau Dr. Spargel setzte das Maßband an. „Äh … acht Meter dreißig!“, rief die Direktorin ungläubig.

„Yes!“ Fred schlug sich mit der Faust in die Hand. „Das gibt eine Ehrenurkunde.“

Erschrocken knallte Nemo den Kistendeckel wieder zu. Da erklang unter seinen Händen eine Reihe elektronischer Biep-Töne.

„Ha-Lo. Lan-Dung ge-Gluckt?“, fragte ein blechernes Stimmchen. „Plan-Et be-Wohnt?“

Dieses Abenteuer erscheint im Sommer 2021.

Weitere Abenteuer in Vorbereitung.
„Bitte nicht öffnen“ gibt es überall im Buchhandel
und auf

www.carlsen.de

AUCH ALS HÖRBUCH BEI SILBERFISCH

FSC www.fsc.org
MIX
Papier aus verantwortungsvollen Quellen
FSC® C014496

Umschlag und Innenillustrationen: Fréderic Bertrand
Umschlaggrafik: Sabine Reddig
Lektorat: Janina Albrecht und Anna Herberhold
Satz: Pinkuin Satz und Datentechnik, Berlin
Gestaltung und Herstellung: Stefan Haupt und Constanze Hinz
ISBN 978-3-551-65215-7

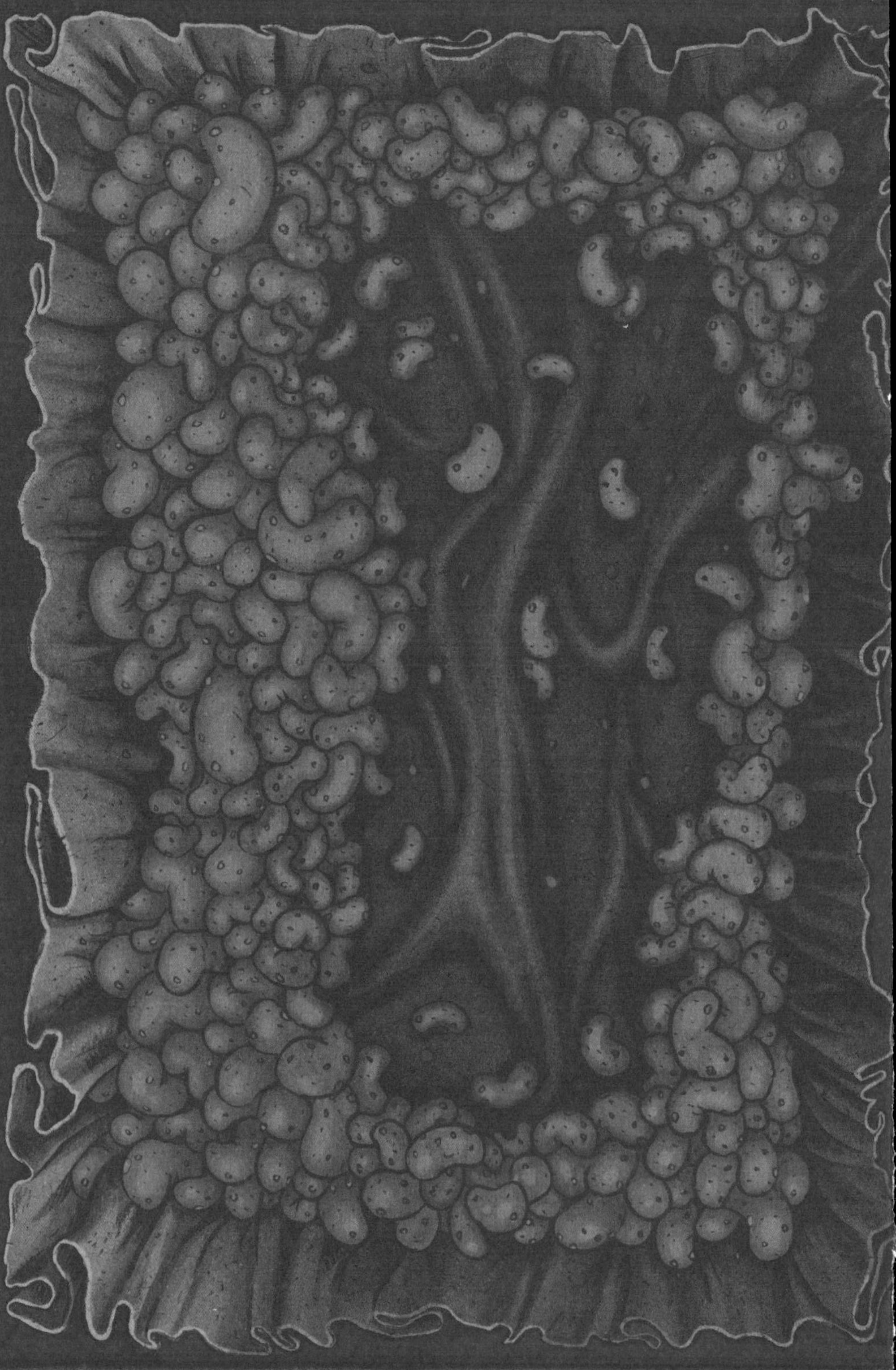